世界记忆七三一

温宏声　著

黑龙江人民出版社

图片在版编目（CIP）数据

　　世界记忆七三一 / 温宏声著 . -- 哈尔滨：
黑龙江人民出版社，2015.7（2021.3重印）
ISBN 978-7-207-10411-3

　　Ⅰ . ①世… Ⅱ . ①温… Ⅲ . ①纪实文学 - 中国 - 当代
Ⅳ . ① I25

中国版本图书馆 CIP 数据核字（2015）第 178049 号

责任编辑：吴英杰
封面设计：孙晓悦
特邀编辑：赵　枫

世界记忆七三一

温宏声　著

出版发行	黑龙江人民出版社
通讯地址	哈尔滨市南岗区宣庆小区 1 号楼
邮　　编	150008
网　　址	www.longpress.com
电子邮箱	hljrmcbs@yeah.net
印　　刷	三河市华东印刷有限公司
开　　本	787×1092　1/16
印　　张	12.5
字　　数	180 千字
版　　次	2015 年 7 月第 1 版　2021 年 3 月第 2 次印刷
书　　号	ISBN 978-7-207-10411-3
定　　价	30.00 元

版权所有　侵权必究　　　　　举报电话：（0451）82308054
法律顾问：北京市大成律师事务所哈尔滨分所律师赵学利、赵景波

七三一部队本部旧址

焚尸炉

动力班

世界记忆 七三一

特殊武器研制厂

冻伤实验室冬季

七三一部队记录员在记录野外实验数据

七三一部队野外实验后
进行现场消毒

在松花江南岸进行细菌战演习

人体解剖室使用的手术器具一组

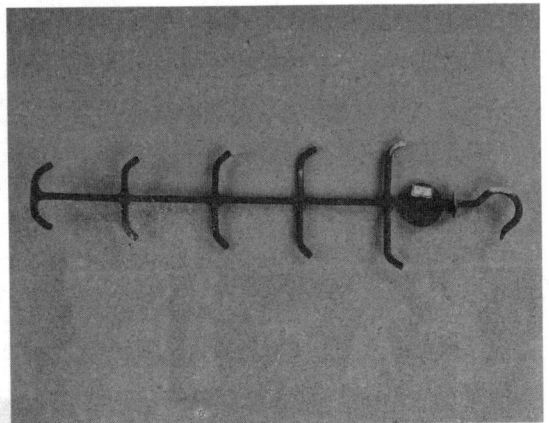

盛装人体内脏的标本瓶

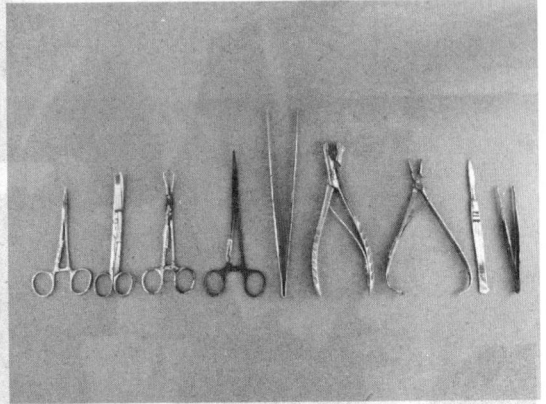

解剖实验用的内脏挂架

1920 年石井四郎毕业于京都帝国大学医学部

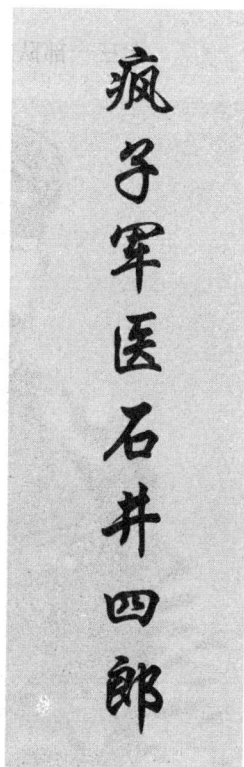

疯子军医石井四郎

1939 年，石井四郎（左）因诺门罕战争的"成绩"被授予勋章；石井四郎的兄长石井刚男（右）也被授予勋章

1939 年 7 月 12 日，七三一部队在诺门罕战场巴尔其嘎尔 738 高地附近，山坡下未戴钢盔者为石井四郎

七三一部队首任部队长石井四郎

1945 年 3 月，石井四郎家族成员在哈尔滨吉林街合影

东条英机表彰石井四郎

在诺门罕战场巴尔其嘎尔738 高地石井四郎部队长（右）与山县武光联队长会面

人性的旗帜

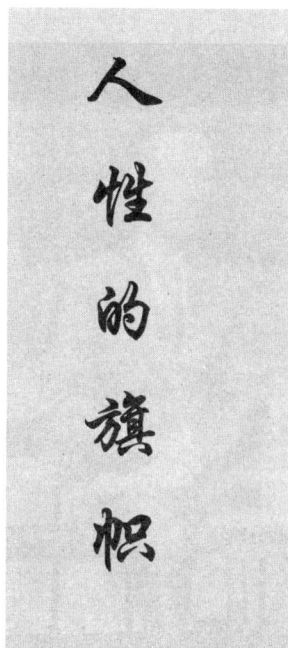

青年时期的森村诚一先生

1998年《恶魔的饱食》合唱团一行240人在七三一遗址参观（右一为森村诚一）

《恶魔的饱食》组曲演出前，森村诚一和作曲家池边晋一郎（左）与观众见面

1982 年森村诚一在七三一遗址勘察

森村诚一和助手下里正树合影

七三一研究中国第一人

20 世纪 80 年代，韩晓先生在七三一遗址为学生演讲

82 9 18

1982 年韩晓（右一）接待森村诚一（中间）考察

韩晓在日本参加民间和平反战活动

韩晓1993年7月在日本高崎市讲演

1993年8月15日韩晓在阪集
会上，讲解七三一部队罪行

说不尽山边悠喜子

2006 年 10 月，山边悠喜子与访日的中国学者金成民交流

山边悠喜子与金成民合影留念

纪录片《血证》拍摄现场，右起编剧温宏声、日本友人山边悠喜子、历史学家李茂杰、导演樊金江

在七三一原队员筱冢良雄家中取证，左一为山边悠喜子

在中国人民解放军队伍里（前排左一是山边悠喜子）

一切为了人类和平

原七三一队员森冈宽介在接受取证
左为取证团成员"七三一"研究所所长金成民

原七三一部队队员铃木进在接受取证

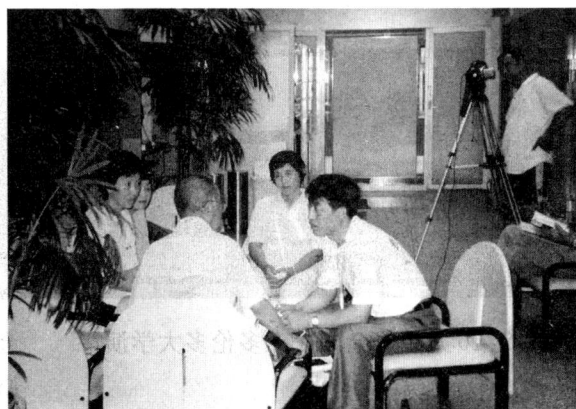

跨国取证现场。右二金成民，左一为哈尔
滨电视台主持人赵咏

2008 年 6 月 11 日，金成民（左）与韩国前总统金永三合影留念

2010 年 10 月 1 日金成民在多伦多大学演讲

金成民（左一）赴日向七三一
原队员沟渊哲雄取证

目　录

第一篇
世界记忆七三一

一、恶魔出笼

历史拖着沉重的脚步告别了危机四伏战云密布的 19 世纪，不情愿地走进了烽火连天硝烟弥漫文明崩塌生灵涂炭的 20 世纪的门槛。就是上帝也不会料到，在科技空前发展、经济空前繁荣、社会空前文明的新世纪，在三十年的时间里爆发了亘古未有的两次世界大战，科学的成果变成了残害人类的工具，富饶的土地变成了埋葬生命的坟墓，人类悠久的文明在这个文明的世界上失去了色彩和光辉。

1914 年 6 月 28 日上午 9 时正，奥匈帝国皇太子斐迪南大公参加指挥一次军事演习，演习结束后，当斐迪南夫妇在萨拉热窝市区巡视时。塞尔维亚一个秘密组织成员，17 岁的普林西普冲上去开枪射击，斐迪南夫妇被击中毙命。这一事件被称为萨拉热窝事件，随后它成为导火索引发了人类历史上第一次世界大战。

爆发的第一次世界大战，是一群野兽相互撕咬的为贪婪所驱使的混战。这场弱肉强食的厮杀，在夺去了三千多万生命之后，最终英国和法国等协约国杀退了德国和奥匈帝国等同盟国集团赢得了战争，人类历史上的第一次世界大战在血腥和硝烟中鸣金收场。

1919 年 1 月，在巴黎召开的和平会议上，由英国首相大卫劳埃德乔治、意大利首相韦多利奥兰多、法国总理乔治克里蒙梭和美国总统伍德·罗威尔逊操纵，强迫战败国签署了他们单方面拟定的《凡尔赛和约》。列宁说，这个条约"不过是强盗和掠夺者的条约，他们把德奥抢劫一空，弄得四分五裂。剥夺了这两个国家的全部生活资料，使孩子们挨饿，甚至饿死。"《凡尔赛和约》满足了英国、法国等国的贪欲，却引起了德国的愤怒，在民众的心底埋下了仇恨的火种。再加上战胜国像虎狼争食猎物一样抓挠撕咬乱成一团，都觉得没有填饱肚子而愤愤不平。还有一个影响深远的因素，就是苏维埃十月社会主义革命推翻了沙皇俄国而取得的辉煌胜利，使得世界政治格局发生了前所未有的巨变，在西方列强争霸世界的尖锐矛盾之外，世界上又形成了社会主义与资本主义两种制度的剧烈对抗。第一次世界大战就是在这样风谲云诡、变幻莫测、危机四伏、动荡不安的国际形势下结束的，一切有利于战争的因素和势力不但没有完全铲除，反而都在肆无忌惮地疯长，一场更强的风暴和更大的灾难已经在酝酿之中了。法国元帅福煦在《凡尔赛和约》签署之后说了一句话："这不是和平，这是二十年的休战。"

福煦元帅虽然看透了和平条约埋下了导火索，但在这个星球上再度燃起战火的速度之快是他预想不到的。在远离欧洲太平洋西岸的岛国日本也是第一次世界大战的参战国，但在华盛顿召开的九国会议上，美国为了抑制日本无限度的扩张，主持缔结了关于中国问题的《九国公约》，迫使日本将山东的权益和胶州铁路归还中国，撤出日本驻军。日本人咽不下这口恶气，不但侵占中国的国策没有丝毫改变，反而发动战车向着战争狂奔而去，在1931年的9月18日，先于希特勒挑起世界大战之前，急不可耐地打响了侵略战争的第一枪。三个月之后，辽阔的中国东北就陷落日本侵略者的铁蹄之下，这时距离签订《凡尔赛条约》才仅仅十二年，离签署《九国公约》还不满十年。

日本这个亚洲东部，太平洋西域，隔开日本海与亚洲大陆东西相望的岛国，从古至今就是一衣带水的邻居，在唐宋兴盛时期，日本大量派遣遣唐使渡海到大陆，学习中国的科学、文化、宗教、军事、冶金、建筑、农业、工具、技术等先进知识，促进了当时日本的发展。但自盛唐之后，日本侵犯中国的战争就不断发生。在明治维新以后的70年里，日本发动和参加了14次对外侵略战争，其中有10次是针对中国的。尤其是在第二次世界大战中，日本军国主义的侵略行径给亚洲各国包括中国在内造成的人民生命财产损失尤为惨重，到了举世震惊的"甲午战争"和九一八事变爆发，再到卢沟桥事变燃起全面侵华战火，日本终于从自明代以来倭寇侵犯抢掠沿海的打家劫舍，走上了征服满洲、征服中国、征服世界的侵略霸权之路。

"去征服、剥削、掠夺乃至消灭劣等民族，乃是我无可推卸的职责与特权。"

"时代在呼唤战争而不是和平。"

"我们需要的，不是一块面包，而是一个生存空间，一个民族的生存空间，不是靠乞求和抗议来实现的，而是靠铁和血来实现的！"

"占领奥地利、捷克斯洛伐克、波兰、丹麦、挪威、荷兰、比利时、卢森堡，接着是消灭法国、英国和俄国。然后建立一个建筑于奴隶制和平等思想上的伟大的新社会，由雅利安优等民族日耳曼人统治全世界。"

就在欧洲的上空回荡着希特勒那刺耳的喉音的同时，在亚洲大陆东岸一个岛国上也有一股癫狂的声音响彻岛屿和大海之间。"欲征服支那，必先征服满蒙，欲征服世界，必先征服支那。倘支那可完全被我征服，其他如小、中亚细亚及印度太平洋等异服之民族必畏我敬我而降于我，使世界知东亚细亚为我国之东疆，永不敢向我侵犯。"

这就是时任日本首相的田中义一，在1927年夏天召开的制定侵略中国政策的"东方会议"上，向天皇奏呈《帝国对满洲之积极根本政策》的所谓"田中奏折"的核心思想。这一思想和日本天皇在天皇明治政府成立后，在诏书中就宣称"日本乃万国之本"，要"开拓万里波涛，布国威于四方"圣谕可谓一脉相承。

还在明治维新之前的1853年7月8日，美国海军准将培里率领舰队强行驶入江户湾的浦贺及神奈川，培里将军依仗四艘黑色铁甲炮舰组成的舰队和舰上六十三门威力强大的远程大炮相威胁，狂妄叫嚣不开国就开火，逼迫幕府接受开放口岸的要求。黑色铁甲炮舰和威力巨大的火炮，让闭关锁国于东北亚一隅的弹丸小国朝野震惊，乱成一团。幕府首席老中阿部正弘低眉顺眼地以事关重大，需要得到天皇批准方能接受条约为托词，连哄带劝地送走了培里将军，但双方约定明年春天再谈。第二年的2月13日，培里再次率领舰队闯进日本的江户湾，这次来了七艘炮舰，浩浩荡荡一直深入到横滨附近才停下，面对培里的强硬姿势，幕府上下实在没辙了，只好被摁着脖子签订了《日美亲善条约》，这也是日本与西方列强的第一个不平等条约。紧随培里将军之后，西方列强纷纷向日本提出通商的要求，于是一个又一个亲善条约在日本与英国、俄国、荷兰等列强之间签订。日本被迫结束锁国时代，幕藩体制也随之瓦解，此后日本走上了一条军国主义的侵略扩张之路。

和德国第一次世界大战失败之后的复仇情绪一样，在马修·培里率领着铁船大炮，一脚踢开日本国门之后，这个小岛就被雪耻复仇的空气所笼罩，并渐渐地燃烧起来。在国家面临着沦为半殖民地的严重危机面前，明治天皇颁布了海外扩张政策，这绝不是天皇个人的豪言壮语，而是凝聚了充斥岛国上空的复仇情绪。早在明治维新之前，丰臣秀吉就曾放言："君欲赏臣功，愿以朝鲜为请。臣乃用朝鲜之兵，以入于明，庶几倚君威，席卷明国，合三国为一，是臣宿志也。"

1823年，左藤信渊内阁制定《宇内混同秘策》，提出要使"世界悉为皇国之郡县。万国君主皆为天皇之臣民……凡此先以吞中国始"。

到了19世纪50年代，吉田松阴的主张更是迫不及待："急修武备，一俟船坚炮足，北割满洲之地，南取台湾、吕宋诸岛。"

日俄战争和甲午战争的功臣田中义一，自然知道当下的日本已经武备精良，船坚炮足。所以他在《田中奏折》中提出日本"应开拓满蒙富源，以培养帝国恒久的繁荣"，是"第一期征服台湾，第二期征服朝鲜，皆已实现。唯第三期征服满蒙以征服支那全土，……则尚未完成"。

在此之前，山县有朋在1890年提出的"主权线"、"利益线"理论，在日本已成共识。"盖国家独立自主之道有二：一为守卫主权线，二为保护利益线。主权线者国之疆域是也，利益线者乃与主权线之安危有密切关系之区域是也。大凡国家，不保主权线与利益线，则无以为国。而今介乎列国之间，欲维持一国之独立，只守卫主权线已非充分，必亦保护利益线矣"。当时山县的"利益线"是指朝鲜。后来，随着日本军国主义吞并朝鲜，其"利益线"指向中国东北。侵占中国东北之后，又把征服全中国作为目标。最后，是要征服整个亚洲乃至世界。在侵略过程中，其战争规模不断扩大，领土不断扩张，野心亦随之不断膨胀，至"大东亚共荣圈"而达其巅峰。

在一个国家，侵略已成为光荣的宣示，扩张已成为神圣的事业，那还有什么可以顾忌，还有什么不能实行呢？日俄战争、甲午战争，那是明火执仗的暴取豪夺；满铁株式会社、开拓团移民、建立伪满洲国，被伪装成"文装的武备"，也就是具有文明性质的武备。但侵略者的战车已经发动，不会停留在"文装的武备"这个站台上。九一八事变、卢沟桥事变、南京大屠杀、三光政策、偷袭珍珠港，战车的终点是征服全世界。

在这样一列黑烟滚滚车轮下血肉横飞的战车上，建立一支细菌部队有什么顾忌呢？发动一场细菌战又是什么大不了的事呢？

其实，日本军界秘密研究细菌战由来已久。据专家研究考证，日本早在第一次世界大战期间，就在绝密的状态下开始了细菌战的计划和准备工作。日本陆军军医学校在细菌学的教学过程中，就把如何进行"家畜战"作为重要的授课内容搬到了课堂上。到1918年的11月间，细菌武器的研究计划经过多年的准备之后正式付诸实施。当时，东京科学研究局的伊藤工学博士接受了军部"研究出一种或多种人力无法抗拒的秘密杀人武器"的任务，也就是研究细菌武器的任务。他网罗了四十多名科学家组建起秘密机构，启动了细菌武器的研究工作。伊藤工学博士虽然已竭尽全力工作，但却遭到非议，最终以"工作不力"和"浪费国家财力"等罪名被逮捕判处徒刑，他属下的几十人也受到降薪、调转等处分四散而去，刚刚起步的细菌武器研究就这样被迫中断了。

1927年非洲爆发了黄热病疫情，日本杰出的医学博士野口英世赶赴非洲考察，他不顾辛苦、不顾风险，在疫情最严重的地区忘我工作，不幸感染病菌而牺牲。1928年的6月15日，他的遗体运回洛克菲勒研究所所在地纽约，安葬在北郊墓地，墓碑上刻着："他毕生致力于科学，为人类而生，为人类而死。"

就在野口英世为日本在全世界赢得了崇高荣誉的时候，一个同样身为医学博士的年轻人，也同野口英世一样登上邮轮走出国门，他远涉重洋，周游世界。他用了两年的时间游历了新加坡、埃及、希腊、土耳其、意大利、法国、瑞士、德国、匈牙利、捷克斯洛伐克、比利时、荷兰、丹麦、瑞典、挪威、芬兰、波兰、苏联、爱沙尼亚、拉脱维亚、东普鲁士、奥地利、加拿大、美国等24个国家。和野口英世不同的是，他不是为了人类福祉送医送药救死扶伤而四处奔波，而是以日本驻各国大使馆副武官的身份，执行一项秘密考察细菌战的特殊任务。他就是石井四郎。

细菌战、七三一部队、石井四郎，这三个名词密不可分，都是恶魔的同义词。要想了解日本军细菌战和关东军第七三一部队，你就绕不开石井四郎，因为他的血液、细胞、思想和追求都已融入了他的部队和他的战争，他们就像连体的魔鬼，谁也离不开谁。

日本千叶县山武郡千代田村的芝山町是一个空气清新的山村，石井四郎就出生在村里一户兴盛的地主家里。他小的时候因聪颖过人，在十里八村小有名气。他在本地一家叫池田学校上学时，因贪玩被老师训斥不服气，为了还以颜色，他竟用一夜的工夫背会了一册课本。第二天老师见他能把课本倒背如流，惊得瞠目结舌，事后一说起此事就感叹不止：这个孩子绝非常人，长大以后肯定会干一番大事。

石井四郎的外祖父曾是远近闻名的医生，所以父母都希望天资聪颖的第四个儿子也能成为一名医生安身立命。他没有辜负父母的厚望，刻苦读书，以优异的成绩进入京都帝国大学医学部学习，毕业后戴上了军医中尉的军衔。此后，他陆续担任了东京第一陆军医院医官，调入京都帝国大学研究生院开始系统地研究细菌学、血清学、防疫学、病理学，并晋升为军医大尉。

1924年夏天，日本四国岛香川县发生了一种可怕的流行性疾病，有数千人死于这种病毒。石井四郎主动请缨到疫区调查这种新的病毒，他在确定和分离引起该疾病的病毒的过程中，研究了传染病预防和过滤系统等医学难题，并把这种疾病命名为日本B型脑炎。石井军医大尉的作为受到关注，深得京都帝国大学校长荒木寅三郎的欣赏和宠信。他在岛香川县成功调查日本B型脑炎后相继发表的《革兰氏阳性双球菌的研究》、《人工移植疟疾血球的沉降速度及其影响》等学术价值很高的论文，扩大了他在医学和军界的影响，获得了微生物学博士的学位，为他在科学研究方面大展宏图，奠定了坚实的基础，他的人生之路似乎正沿着野口英世的足迹向前延伸。

在这个人生的一个拐点上，他没有继续向前，而是一个急转弯，瞄准了另一个方向。

自从伊藤工学主持研究细菌武器夭折之后，缺乏细菌武器研究人才就成了日本军部高层的一块心病，就在他们为帐中无人而焦虑之时，石井四郎应运而生。

石井四郎虽然是研究细菌学的博士，但他更是一个热衷于细菌战的战争狂人。他四处奔走游说，兜售他的细菌战构想。他说："各强大国家都在进行准备细菌战的工作，日本若不进行此种准备，那它在将来的战争中就会遇到严重的困难。"他还分析了日本的国情，"缺乏资源的日本要想在战争中取胜，只能依靠细菌战。"他还主动登门到陆军省医务局和日军参谋战略部去献计献策，"细菌武器杀伤力大、传染性强、死亡率高而生产的投资又少，节省钢铁，从战略作战的观点来看，细菌武器乃是一种很有利的进攻武器。"

在日本高层，早就有一个对细菌战的总体认识，既日本是一个岛国，国土小、人口少、兵源不足，又没有充分的五金矿藏，难以承担大规模的战争。正是鉴于这样的认识，所以才另谋出路，把目光盯在了研究制造细菌武器上。而石井四郎到处宣扬的细菌战主张，与日本当局和那些极端的军国主义分子一拍即合，成了求之不得的细菌武器研究人才和细菌战专家。

石井四郎的细菌战主张，得到了时任医务局局长小泉亲彦、陆军省军务局课长永田铁山大佐、参谋战略部课长铃木大佐和陆军省军医署课长梶塚隆二等人赞赏和器重。石井四郎宣传细菌战已经到了忘乎所以的疯狂程度。他不管多大的机关，多高的门槛，推门就进，逢人就讲。为了展示他研制的石井式滤水器的功能，他拿出一瓶水说是他的尿，经过滤水器过滤后就能达到饮用的标准，说完当众一饮而尽。那时许多人都认识他，管他叫疯子军医。就是这个疯子军医，在众多细菌战的疯狂鼓吹者推荐和抬举下，转眼间成了被日军当局宠信的细菌战专家。

1928 年 4 月，小泉亲彦和永田铁山秘密派他出国考察，收集有关细菌战的情报。回国后，他迫不及待地找到永田铁山和梶塚隆二做了详细的汇报，恳切地说："我认为，研制细菌武器已刻不容缓，迟延一日，必将使日本遗恨无穷。"

永田铁山号称日本军中第一大脑，在他的积极策划之下，日本天皇批准了石井四郎细菌战的主张，日本的细菌战和细菌武器研究，在中断了多年之后，在石井四郎的手上又重新开始了。1935 年 8 月永田铁山遭皇道派的陆军中佐相泽三郎刺杀而死。为了铭记永田铁山对他的举荐提携之恩，在多年后，石井四郎专门请人雕刻了一尊永田铁山塑像摆在办公室里，以此来鼓舞自己把细菌战进行到底。

日本陆军军医学校位于东京若松町，1932年的8月，在校园里一栋楼房的地下室里成立了细菌研究室，对外称"防疫研究室"，由石井四郎负责，开始了细菌武器的研究工作。这之后，研究室的规模不断扩大，人员不断增加，研究也不断深入，开展了霍乱、伤寒、炭疽等各种传染病菌的研究，探求和制造细菌武器以及研究使用此种武器的方法。

石井四郎不满足这样小打小闹的研究，狭窄简陋的地下室装不下他的野心。九一八事变后，随着日本关东军的铁蹄踏遍中国东北的辽阔大地，先征服满洲再征服中国的天皇大业已经唾手可得。石井四郎再也按捺不住研究细菌武器、发动细菌战的狂想，他决心大干一场，把细菌战推向中国、推向亚洲、推向全世界。

细菌研究室刚刚成立，石井四郎就迫不及待地和增田知贞等4名科研人员，还有5名雇员，悄无声息地潜入中国东北地区。石井四郎一边走访城市、踏查乡村、勘测山区，一边在心里盘算着不可告人的罪恶勾当。把细菌研究基地转移到中国的东北正在他的策划之中。在中国东北邻近苏联边境的地方建立细菌战基地，这符合将来日本北进侵占苏联的战略要求。另一个罪恶的考虑是，在满洲境内有可能获得大量活人用来做细菌研究实验的材料。石井四郎把这一罪恶活动称之为"秘密中的秘密"。

石井四郎结束考察回国后，向日军大本营呈报了关于在中国东北地区建立细菌研究基地的报告，很快获得了批准。

1933年8月在哈尔滨市南岗区秘密设立了石井部队本部。这支部队也叫加茂部队，他老家的地名叫加茂，队伍中的许多人也都来自那里，是他的老乡，故此得名。

在哈尔滨往南70公里有一个山清水秀的地方，连它的名字都清澈凉爽，这就是背荫河。石井四郎看上了这个地方，把细菌部队的实验场设在了这里。

在石井四郎看来，此地不但交通方便，又远离城市较为隐蔽，适合建立大规模秘密人体细菌实验场所。1933年秋天，加茂部队在这里圈定了500多平方公里的地盘，在附近村屯强征近千名劳工和数百辆马车，日夜不停地修筑"兵营"。不到一年时间，便建成了约100栋的砖瓦房。关东军参谋远藤三郎视察时赞扬说，这是加茂部队努力的结果，看上去令人产生一种好像是要塞的印象，二十多万经费开支看来是值得的。

这个时期的加茂部队有300余名队员，细菌人体实验也已展开。实验重点放在炭疽、鼻疽、鼠疫和霍乱三四种的接触性传染病病菌上；此外，还利用人体进行毒气瓦斯、毒液实验；同时以人体为"材料"来进行冻伤实验。当地的老百姓对这个完全与世隔绝的兵营到底是干什么的，一无所知，只知道有一个名叫中马的大尉在这里说了算，就把这座神秘的兵营叫"中马城"。

1934年的中秋节，关押在这里的30多名囚徒暴动，其中王子扬等12人拼死冲杀，成功越狱后参加了抗联的队伍。这次暴动事件给了石井四郎当头一棒，他清醒地认识到将实验场选择在抗联第三军游击区域的背荫河，是一个天大的错误。当时狡猾的石井四郎并没有声张，为了减轻和推卸责任，避免重蹈伊藤工学博士以"工作不力"和"浪费国家财力"的罪名被依法追究的覆辙，他表面上不露声色，采取了伺机而动的策略。但这之后"中马城"及附近日军驻地连续遭到抗联第三军赵尚志部队的袭击，甚至发生了攻城的战斗，这迫使石井四郎不得不下定决心另选新址了。

1934年12月28日，关东军参谋远藤三郎和化名"东乡"的石井四郎，从长春出发，途经哈尔滨都一刻未停，直奔背荫河的"中马城"。他们两个人虽然心照不宣，但废弃"中马城"另选新址的意向已定。石井四郎对暴动事件只字未提，而是以背荫河细菌实验场发生"意外的火灾"为借口，向日本参谋本部提出迁移和扩大"加茂部队"的计划。

这个计划获得了日军大本营的批准，新的细菌战研究基地和细菌部队本部的地址，确定在哈尔滨市南郊20公里的平房地区。这里就是四十年后，被日本著名作家森村诚一称之为"魔鬼的乐园"的地方。

1935年夏初，关东军的铁蹄踏进了哈尔滨的平房地区，圈定6平方公里范围的土地，强行驱赶居民拆毁房屋，进行测量勘探。第二年刚开春，石井四郎在长春招募的 4 个日本建设株式会社车水马龙地开进了平房，由他们承建的这项秘密而浩大的综合性的工程开工了。在施工过程大量使用中国劳工，平时在 2000 人左右，最多时达到 3000 人，在附近村屯征用的马车有数百辆，施工的规模可见一斑。

建筑工程经过两年多才告完成。根据当时的照片和细菌部队设施蓝图以及新中国成立后航拍的被炸毁的遗址影片，还有依据当年七三一老兵回忆和专家考证，我们得以还原了这座"魔鬼的乐园"。

整个细菌部队区内共建有 76 栋建筑，包括石井四郎所在的指挥中枢的二层楼，即由 3 栋、4 栋、5 栋、6 栋组成的细菌研究中心的"四方楼"，占地约为 15000 平方米。各种细菌研究室、可供全年使用的冻伤实验室、监狱、解剖室等应有尽有。这里还建有 3 座焚尸炉，专门用于毁灭人体和动物尸骸。它不但铺设了铁路专用线，还修建了专用飞机场，设有航空班和气象班，三座飞机机库，建有两条长 1200 米、宽 120 米的飞机跑道，拥有吞龙式轰炸机、七九式重 1 型轰炸机、七九式 2 型轰炸机、隼式战斗机、100 式运输机等各种机型的飞机共 11 架。在一个以科研为主要任务的部队中有这样的装备是难以想象的，从中可以窥见日本军部和关东军司令部对先进武器研究的投入和对石井四郎的器重和宠信。

这里还建有一个居住生活区叫东乡村，它因石井四郎崇拜的在日俄战争中打败俄国海军的东乡平八郎将军而得名。一排排营房宿舍构成街道马路，这里有卫生所、浴池、饭店、医院、学校、神社、酒吧、运动场、游泳池、邮政局、电报局、鱼菜供应部、中心广场，还有能放映电影的大礼堂，这一切都标志着这里已经建起了一座现代意义上的城镇。

七三一细菌部队的年度预算达到了人力费 300 万日元，各支队20——30 万日元，实验研究经费 600 万日元。让石井四郎颇感自豪的是，在他的手里实实在在地掌握着 1000 多万日元的预算经费，这在当时即使指挥几个师团的将军们也看着眼红。

1938 年 6 月 30 日，关东军司令部发布了第 1539 号命令，确定了平房"特别军事区"范围及规则，"特别军事区"总面积约 120 多平方公里。七三一细菌部队的规模远远超过了德国法西斯"波兹南细菌研究院",成了世界上最大的杀人工厂。1939 年末,关东军副参谋长远藤三郎少将来到平房,看到石井部队的"惊人规模"赞叹道,这跟背荫河相比,大有不胜今昔之感。

石井四郎最早的战争体验是他十二岁那年。他的大哥石井彪雄战死在日俄战争中的松树山战役,朦胧之中他感受到了战争和死亡的残酷现实。但是后来他没有去当一名军人,而是遵从父母的愿望,以优异的成绩考入了千军万马独木桥的京都帝国大学医学部。他没有辜负父母的企望,在学校里因学业优异和为人处世特立独行而声名鹊起。

石井四郎读完大学即进入军队,这是他人生道路的一个重大拐点。他先任近卫兵师团军军医中尉,又任东京第一陆军医院医官、京都卫成病院医官、东京陆军军医学校防疫部教官。他在防疫部当教官的同时,还兼任陆军兵器工厂的军官。他从一个医生一步一步地迈进了军界,成了一名军人。在那个时候身为军人,就不可选择地卷入战争,只要卷入了战争,就必然在杀戮中从人蜕化成魔鬼。

　　　　越过高山,尸横遍野,
　　　　越过海洋,尸浮海面,
　　　　为天皇而死,视死如归。
　　　　在樱花盛开的季节,
　　　　我们在靖国神社相会。

　　　　在离国出征日,在高呼万岁的声浪中,
　　　　我们充满激情地挥舞着几近麻木的臂膀。
　　　　现在就是这双臂膀让日本国旗跨越长城迎风飘扬。
　　　　皇军大捷万万岁!

这是当时风行日本的两首歌曲的片段,也是石井四郎经常唱起的曲调。校园里经常收到各级政要和右翼团体散发的宣扬"武力为立国之基础，耀皇威于海外”的小册子，有时一架军机从空中飞过，就会撒下成千上万的传单，上面写着，“醒来吧国防！”还有把满洲画入日本版图的地图。军校的学生们整天操枪习武，工厂在加紧生产武器弹药，全日本就像一艘满载弹药的战船义无反顾地全速驶向战争。石井四郎就是这艘战船上的一名军医官，他的理想、他的作为、他的人生都顺理成章地跟这艘战船历史性地捆绑在了一起，他之所以被誉为“疯子军医”，是因为他的灵魂紧紧地依附着那个疯子的国度和疯子的时代。

石井四郎之所以能够积恶成魔，妖风大作，这跟他周围的那些恶魔息息相关。号称日本化学战之父的小泉亲彦，是日本军事医学的开拓者，是个狂热的民族主义者，也是侵略扩张政策拥护者和鼓动者。正是他在军医学校看中了石井四郎这样的细菌研究的怪才，并积极向有关方面推荐，才使他小有名气。1932年，在他的主持下组建的防疫研究室，石井四郎被任命为主管，迈出了细菌武器研究罪恶的第一步。

与冈村宁次和小烟敏四郎一道被誉为陆军三羽乌的日本陆军省军务局局长的永田铁山是热衷于细菌战的鼓吹者，就是他秘密派遣石井四郎出国考察细菌武器研究和细菌战的情报。还有日军参谋战略部课长铃木大佐、陆军省军务署课长梶塚隆二，他们和石井四郎一拍即合，成了他最有力的支持者。

最终成就石井四郎、成就细菌武器研究和制造、成就日本军细菌战的人是日本天皇，1932年裕仁天皇批准了石井四郎细菌战的主张，在东京若松町陆军军医学校成立了细菌研究室。

1936年5月30日，日本裕仁天皇发布天皇敕令——军令陆甲第7号。同意石井部队扩编成一支正式作战部队，根据战略需要，在海拉尔、孙吴、牡丹江、林口分别建立4个支队。为保密起见，石井部队命名为第七三一部队。

在第二次世界大战的中国战场上，在中国人民浴血奋战的艰苦卓绝的抗击下，在日本侵略军深陷战争泥潭不能自拔的困境中，恶魔石井四郎出笼了，瞒过了全世界的眼睛，连上帝也不知道，他的细菌部队悄悄地来到了战争的前沿。

二、活体实验

这里在 800 年前，曾是辽金古战场，历经元、明等朝代的战乱，使这片女真人早期开发过的沃土，渺无人烟，衰落荒芜。清代中期，陆续有闯关东的难民，不顾清廷的封禁令流入境内，垦荒定居，使这里再现生机。到了光绪年间，这里已有村屯 30 多个，交通要道两旁开起了大车店、客店和各类手工作坊，在这个生产粮食的富庶之地，先民们过着"棒打狍子瓢舀鱼，野鸡飞到饭锅里"的农牧生活。这就是哈尔滨南郊的平房地区。

20 世纪 30 年代，日本侵略者的铁蹄踏破了这里宁静安居的生活。1936 年 6 月 30 日，日本关东军发布了"关于设立平房特别军事区域"的 1539 号命令，专为七三一部队和日本空军 8372 部队圈定面积达 120 平方公里的特别军事区。在平房火车站前后 60 华里，火车经过时必须拉上窗帘，严禁任何人向外张望，被老百姓称为 60 里地国境线。在这里七三一部队的 70 多幢建筑占地 16 万平方米，连后来任关东军总司令的山田乙三在视察时，在赞许了这种工作的同时，也为它庞大的建设规模"实在感到惊奇"。

这个被石井四郎称为全世界最大的细菌武器研究基地，在庞大城堡的掩盖下，是一座令人毛骨悚然的亘古未闻的人间地狱。恶魔石井四郎主宰着这座城堡，他的麾下有总务部、第一部细菌研究部、第二部细菌实验部、第三部防疫给水部、第四部细菌生产部、训练教育部、器材供应部、诊疗部、宪兵室，加上直属部队牡丹江支队、林口支队、孙吴支队、海拉尔支队和大连卫生研究所，总共 14 个部；这 14 个部下辖 50 个课，课又管辖 50 多个班，配备 80 多名校级军官、300 多名判任官，总兵力达到 3000 人。这里是真正的人间地狱，它比阎罗王阴曹地府的十大阎罗殿和十八层地狱还把守森严狰狞恐怖。阎罗殿里有的血池、黑绳、铁网；地狱里有的大火大热、大寒大冻、大坑大谷在这里应有尽有。而十八层地狱没有的这里也有，这就是秘密监狱和活体实验，这是连阴曹地府都闻所未闻的人间酷刑。

其实，石井四郎极力主张把细菌研究基地转移到中国东北的最隐秘的目的，就是要做在国内做不了的事，他要做的事，就是他称之为"秘密中的秘密"的活体实验。用活人进行细菌实验，这是他的发明。他说："鼠疫流行在自然条件下是容易发生的，但要用人工办法来造成流行病就不那么容易了。原因是，仅有传染源和传染媒介还不足以促进疾病的流行，为此还要知道人的生理条件和生理特点。只有在研究人的生理特点条件下，才能知道用人工办法引起疾病流行的条件。研究生理特性的工作，是要用活人做实验的，进行这种实验时用的中国人，它既可以在实验室条件下进行，也可在野外条件下进行。这就是本部队的'秘密中的秘密'。"

石井四郎说得再明白不过了，他远渡大洋翻山越岭在中国东北的旷野里兴建起一座现代化的城市，为的就是在这里能够用中国人进行活体细菌实验。

在石井四郎的眼里，中国人，还有苏联人、朝鲜人、蒙古人，不管他们是男人还是女人，不管他们是老年人、青年人，还是不懂事的孩子，只要被关进这人间地狱，他们就再没有了人的属性，他们一律都变成了作为细菌研究的实验材料。

七三一部队的特别班，也叫特设监狱，担任班长的石井刚男是石井四郎的二哥。这里如同地狱一样，已经没有了人类生存和活动的气息。这里的中国人都被称为"木头"，清点和记录的是木头，所以人数以"根"为单位。为了保密，他们在日常工作中都要使用隐语，日本人管实验材料叫"丸太"，音译叫"马路大"，这些被关押的中国人是当做实验材料的，只是有生命的材料而不是人。

所谓活体实验就是用健康的活人取代了以前的老鼠实验、马匹实验和在牛、羊、骆驼、江豚、狗、猪以及禽类、鸟类、昆虫身上进行的细菌实验。这是日本侵略者犯下的有史以来最惨绝人寰的千古罪恶。

活体实验的方法就像十八层地狱里有刀山地狱、火山地狱、冰山地狱、油锅地狱和刀锯地狱一样分门别类。

菌液注射实验，就是由日本军医把带有细菌的溶液或皮下注射或直接注射到受实验者的血管中，然后观察被细菌感染者的病情变化。有时对幸存的受实验者注射抗生素予以治疗，其实这也是一种实验。有的受实验者侥幸康复后，就会被拉去做另一种实验，直到没有了任何实验价值，再解剖研究，然后扔进焚尸炉灭迹。石井四郎对这种实验极为热衷，甚至亲自写出检验报告。

口服染菌食品实验，就是把培养的细菌掺入饭食、饮料和水中，或者注入瓜果、蔬菜中，对受实验者有时强行绑住从嘴里灌入，有时蒙骗使其误食，然后观察霍乱菌、赤痢菌、伤寒菌、鼠疫菌等各类细菌的效能。在这种实验中，有人奋起反抗，就被当场用手枪打死。石井四郎在讲解这种实验时洋洋得意地说，散布传染病最适当的媒介物是蔬菜，其次是水果，再其次是鱼类，最后是肉类。

比较实验就是在受实验者身上交叉使用多种方法进行细菌实验。他们把这些人分成若干组，或在每组人的身上使用的细菌菌液剂量不同，注射的次数不同，或分别使用注射、灌入、埋入等方法，观察结果，写出比较表。

在比较实验的过程中，石井四郎对超音波菌苗实验紧盯不放，情绪极度疯狂，以致闹出了涉嫌谋杀同僚的传闻。1936年，时任神奈川县立卫生实验所所长的渡边博士，在应用超音波发射装置研究细菌学时，曾发表过许多实验报告，引起学术界的普遍关注。这项研究自然也引起了石井四郎的关注，他在渡边博士拒绝到七三一工作的邀请的情况下，想尽了办法，利用军部的命令将渡边博士调到了哈尔滨，加入到七三一部队。在渡边博士的领导下，由菌苗制造班制造各种菌苗，即伤寒、副伤寒、四种混合菌苗，还有赤痢菌苗、霍乱菌苗、流行性脑脊髓膜炎菌苗，供给关东军使用。

这次活体实验共使用了20名受实验者，有8人接种渡边博士制造的超音波菌苗，8人注射陆军军医学校制造的霍乱菌苗，另有无处理4人留作比较研究使用。活体实验的结果证明，超音波菌苗的效力极佳，接种的人都很精神，仅有一人有头痛和腹痛的感觉，第三天就复原了。注射军医学校菌苗的人，多数下痢，其中3名重症，死亡1人。而留作比较研究无处理的 4 人全部发病，第三天全部死亡。石井四郎知道超音波菌苗极佳效果后，兴奋使他现出了疯子军医的本性。他下令大量生产超音波菌苗，菌苗班昼夜不停地生产，结果因菌体中杂菌多、单位低，拖延了制品的生产期。他把这一切都迁怒到渡边博士身上。渡边博士在受到石井四郎的严厉斥责之后，决定辞职，并于当夜就出走至长春。第二天一早，在大和旅馆门前发生一起交通事故，有一个刚出门的人被一辆疾驰而来的卡车撞倒，当场死亡，这个人就是辞职出走的渡边博士。他的助手在战后受审时供述说，对于渡边博士的死，我有很多疑问，我认为很可能是被石井四郎谋杀的。根据石井四郎的脾气品格，他对下级能施行任何残酷的手段，谋杀渡边博士是极有可能的。

人体解剖是人体实验中临床观察、解剖观察和病历观察 3 个阶段之一。人体解剖观察，一般是人感染细菌患病死亡后解剖尸体，而七三一部队却丧心病狂地进行人体活杀解剖，把人当作动物在没有麻醉的状态下进行宰杀实验。

活体解剖的血腥和残忍，就是现在听起来都难以置信，不仅有些来访参观的日本人不敢相信，就是中国的年轻人也偶尔发出疑问，这难道是真的吗？

当年亲手屠杀中国人的七三一部队队员田村良雄供述了当时的情景：“有一天早上，被我浇上消毒水的中国人，不管是死是活，都预定今天要解剖。中国人的脸胀紫着沾满了血，鲜血从担架上滴滴答答地流下来。我给他注射了樟脑液，用脚镣和手铐固定的中国人猛然睁开眼睛，好像要弄清这次行凶的情况似的转过头来。但他的身体已经没有自由了，眼里充满气愤的泪水，凝视着顶棚。细岛摸了摸中国人的脖颈，用右手的手术刀咔嚓一声，沿着中国人的颈动脉切下去，血流出来。中国人因鼠疫病和被宰割的痛苦，把头左右摆动。细岛用手术刀背敲击着他的心脏叫道，再打两支樟脑强心剂，随后就切断了中国人的颈动脉。这个中国人留下了一句满怀仇恨的话，‘鬼子！’迅速地变了脸色，咽了气。细岛拿着手术刀，从上腹部到下腹部，又从下腹部到胸部，洋洋得意地切割下去。拿来开骨锯，切断肋骨，露出全部内脏。20 分钟后，中国人的肉体被割碎了，滴着血的肉块散乱地丢在解剖台上……"

　　1939 年，夏天英雄参加了石井部队，开始在吉村班研究梅毒，以后又调入三谷班进行鼠疫菌实验。当年，他进行活体解剖时，觉得这是学习的好机会，很愿意执行上边的命令。他亲自参加了活体解剖实验。他回忆说："记得那是个 50 岁左右的中国人。他被感染上了鼠疫菌后，由我主刀进行了解剖。因为没有进行麻醉，所以将四肢绑在手术台上。由于经常做这样的不麻醉解剖，解剖台上设有捆绑'马路大'的装备。固定好后，我用刀一直从胸部割到腹部。为了防止喊叫，'马路大'嘴里塞满了纱布。我将内脏摘下来，交给病理班进行研究，其他的事情我就不管了。解剖大约做了十二三分钟，剩下的躯体还在不停地痉挛。"

　　这件事发生在 1943 年的春天，七三一部队的翻译春日仲一和"协防班"的班长裴文才，还有一名宪兵室的宪兵，他们奉命乘火车到新京（长春市）去执行一项特殊任务。在行动前春日吩咐说，这次任务是抓间谍，但不能只盯着年轻人，小孩也要留心。从新京火车站出来，他们就开始在街上搜寻。没多时春日在僻静的巷子里发现了一个流浪儿，就示意裴文才和宪兵上前抓住，戴上了手铐，当天就押回了平房。小男孩很倔强，连骂带咬的不老实，宪兵就把他绑起来吊在房梁上，用皮鞭子抽打，打得遍体鳞伤。不一会儿，春日过去对宪兵说："不能这样打，把他交给我处理吧。"春日所说的处理，就是把这个小男孩领到解剖室，交给军医们活活地给解剖了。

　　这个中国少年，按照七三一队员的命令，光着身子上了手术台。他看上去不过十二三岁的样子，可能是营养不良又瘦又矮。全身麻醉后，用酒精擦净了少年的身体，一名雇员从围在手术台旁的田部班队员中走出来，手里拿着手术刀靠近这个少年。少年开始挣扎，恶魔们扑上来把他按住，用扣带紧紧固定住四肢，注射麻醉剂。一个军医在少年的胸部拉开一个 y 字形的口子，血块扑哧扑哧地从止血钳子旁边往外冒，露出了白色的脂肪。这时，实习的军医们都上来了，把少年的肠子、胰脏、肝脏、肾脏、胃等各种脏器熟练地取出来，放入事先准备好的装满福尔马林溶液的标本瓶子中。取出的内脏，有的还在瓶子中不停地抽动。就这样，队员们你一刀，我一刀，一个年轻的生命就死在了七三一部队的实验室里。

这个少年没有参加过抗日活动，他也不懂怎样参加抗日活动，他还太小，还是个孩子啊。他被当作"实验材料"的原因是，七三一部队想解剖一个健康的少年做一次对比性病例研究，但监狱里的"马路大"没有合适的人选。这样就从外地抓回一个流浪儿，暗中进行解剖实验。这个还不懂事的少年就这样被割乱撕碎，无端地丧失了生命。

这件事是森村诚一在1982年到七三一部队遗址考察时告诉中国学者的。他此行还肩负着一项沉重的嘱托，那就是代替杀害中国男孩的春日仲一向中国人民道歉。森村诚一说："那个日本翻译病重不能到这里来了，我临来的时候，他紧紧地拉着我的手，一再托付我代他向那个被杀死的孩子道歉，向中国人民道歉。"

故事不再流淌，而是凝固在了七三一遗址的操场上，它会永远地凝固在这里，跟七三一本部大楼默默相对，跟石井四郎办公室的窗户冷冷相望。

出于某种考虑，森村诚一当时并没有说出春日仲一的名字，他给在场的中国人深深鞠躬弯下腰时，挎在双肩上的旅行包像一座山压在他的背上。他揭开了祖国的伤疤，而自己的心一定在流血。

田村良雄说，须藤良雄是第四部第一课的雇员，因为生产鼠疫菌而感染了鼠疫。在特别班解剖室里，由铃木启之少佐指挥，细矢技师指导，进行活人解剖实验。田村良雄是细矢技师的助手。细矢先解剖了一个中国人。紧接着，铃木下令解剖须藤良雄，他说："让须藤良雄到这里来，都是为了效忠天皇陛下呀！"。七三一部队为了细菌战的需要，把自己部队里染有鼠疫的、生命垂危的须藤良雄送进了解剖室，但这次解剖是不许说的秘密。须藤良雄赤裸着身体，由特别班班员抬到解剖台上。几天前，谈起女人还很活跃的须藤，已瘦得皮包骨，全身无数的紫色斑点，胸部挠伤了一大片，血从伤口里流出来。由于消毒水的作用，须藤恢复了知觉，睁开茫然的眼睛环视四周，每动一下，颈部的绳索就勒紧一下。铃木把须藤全身检查完毕，下令开始解剖。田村良雄把解剖刀递给了细矢，反握着解剖刀的细矢走近须藤又把解剖刀给了宇野。宇野接过解剖刀，开始抚摩须藤的肚皮，他的手有些震颤。这时，铃木歇斯底里地喊道："快干！"宇野反握着解剖刀，刺进了须藤的上腹部，往下切去，血流向解剖台的血池。"畜生！"须藤最后喊出这样一句话，便死了。解剖台上，内脏露了出来。几小时后，在第四部第一课的研究室里，铃木启之用显微镜观察着活蹦乱跳的鼠疫菌。七三一部队进行细菌战实验连自己部队的雇员也不放过，在这里已经没有了人性，只有效忠天皇陛下的愚忠精神。

为了使细菌实验更加接近于实战的环境条件，石井四郎把细菌实验从实验室搬到了野外。七三一部队在东北建立了固定的野外实验场，主要有安达特别实验靶场和城子沟、佳木斯、陶赖昭实验场，同时还在东北山区及呼伦贝尔草原选择临时实验场进行野外实验。在野外实验中，七三一部队使用细菌、病毒和毒气，大规模地杀害受实验者和无辜的平民百姓。

在野外对活人进行实验时，最常用的办法是投掷细菌炸弹，或从低空飞行的飞机上，直接撒布细菌和染有鼠疫的跳蚤，在地面上传染居民点、蓄水池和牧场等。在靶场上，日本人把细菌弹放在离被绑在柱子上的受实验者一定距离的地方，然后由实验者在战壕内用电器设备来引爆。实验后，经过两个小时左右的观察，把受实验者押回监狱，继续观察他们的病情。受实验者一般不进行治疗，能使他们全体致死，是实验者最为得意的。对各种细菌的效能，七三一部队在打靶场上都用活人实验过，最常用的是鼠疫菌、炭疽热病、霍乱病和伤寒菌。

"烤人"与穿透实验

七三一部队在安达打靶场，以"马路大"为实验材料，不仅进行细菌实验，也进行一般武器的杀伤力的实验。

1943年夏季的一天，这天很炎热。在安达实验场排列着多辆报废的坦克和装甲车，七三一部队从特别监狱押来10多名"马路大"，七三一部队队员强制那些被迫穿着草绿色的军队文职人员服装的"马路大"登上了旧坦克和装甲车，周围有配备着轻机枪和步枪的特别班班员包围着他们，想反抗和逃跑是办不到的。每辆坦克车塞进两个人，装甲车里塞进1个人，然后让"马路大"憋闷在里面。当所有的"马路大"进入坦克和装甲车里面后，一队日本关东军司令部派来的士兵，背着草绿色的大桶，桶里装着汽油、柴油和压缩空气配成的燃烧剂，桶的右上角有一个胶皮管，胶心管头上装着金属喷嘴，那是火焰喷射器。命令下达后，日本士兵们在距离坦克和装甲车20-30米不等的地方射出白热的火焰，这火焰包围了坦克和装甲车，1000度以上的高温炙烤着车辆，升响起轻微的爆炸声。10多秒后，停止了射击。这时，红黑色的烟雾中，露出了被烧坏变形的坦克和装甲车。过了一会，到车内进行检查时，"马路大"全被烧焦了。

另一种实验是：把押到安达靶场的"马路大"的眼睛蒙上，分成组，每组10人。各组的"实验材料"，分别把身体贴紧，前后排成一行。有的组的人穿棉衣，有的组的人穿单衣，有的组的人裸体。七三一部队队员把这些"马路大"当作用枪弹穿射的"实验材料"。他们把上膛的三八式步枪对准排在队列前的"马路大"。命令下达后，士兵们开枪射击，"马路大"一个接一个地倒下去，七三一部队的队员们记录下用三八式步枪在距离 x x 米的地方被射穿的几个"马路大"的数据以及人体的穿透性能。这种实验，七三一部队进行过多次。

石井四郎的大脑没有一刻停止转动，没有一刻不在想着怎样用中国人的生命来换取他的所谓研究成果。早在1938年，石井四郎就根据侵占中国东北在高寒条件下作战的实际需要，设置了冻伤研究课题。1940年，他在七三一部队专门建了一栋平房，正式建立了冻伤实验室，成立了冻伤研究班。班长吉村寿人毕业于东京大学医学系，专门研究冻伤的病理学博士，所以这个研究班叫吉村班。

吉村博士在实验室里浇注了一个长3米、宽2.5米、深0.5米的水池专门用于冻伤实验。他们让受实验者站在水池里，上肢或下肢浸泡在水中，然后把水温逐渐降低，直至结冰，再把冰凿开，把人押回牢房，观察冻伤情况。观察的结果是，人的体温降至零下32度时即会死亡，但及时放到摄氏37度的温水中还能挽救。手指冻伤的时候，用同样的方法可以取得很好的疗效。1944 年的冬季，吉村用一名关押的苏联妇女进行冻伤实验。他强迫这位刚分娩不久的妇女把手指浸入水槽中，然后拿出来在寒风中冻着，使之由激痛发展到组织被冻结，这是进行冻伤病态生理学的实验。在实验过程中，用各种温度的水实施"治疗"，最后这位妇女的手指因冻伤而坏死脱掉。

吉村班的冻伤实验，不分场合，不分季节，随时都可以进行。既可以在室内，也可以在室外；既在监狱院内秘密进行，也在城乡偏僻无人的地方随意进行。吉村经常向周围的人解释说这种研究是为了将来对苏联战争而进行的。

《跨国取证七三一》一书中写道，"冻伤实验是七三一部队重要的实验种类，在严寒的冬季，七三一部队吉村班人员强迫'犯人'裸露身体或仅穿单衣到室外接受冷冻，如果是夏季，他们就把人赶入冷冻室。冷冻达到一定程度后，他们便拿着小木棒打'犯人'的肢体，当发出很硬很脆的声音后，他们便把人抬入另外的实验室以不同的方式给予解冻。有的用冷水浇，有的用温水泡，有的用滚开的热水烫，以求得到最佳解冻方法。被实验者在极大的痛苦中，有的当场死掉，有的烂掉皮肉露出白骨。为了病理实验的需要，他们有时给被实验者的冻伤处涂上各种药膏，以观察病变过程。经过无数次这种毫无人性的实验，七三一部队得出的结论是用摄氏 37 度的温水浸泡是治疗冻伤的最佳方法。"

大久野岛是位于日本濑户内海中段、广岛南面海域的一座小岛，因为岛上栖息着许多兔子，所以被称为兔岛。二战期间，日本军队在岛上建设了毒气制造厂，大规模生产毒气用于侵略战争，这个风光秀丽的岛屿也因此成了名副其实的毒气岛。当时为了遮住日本公众的耳目，连地图上都把这个小岛给抹掉了，它又被称为"从地图上消失的岛"。由于岛上有许多兔子，负责研究毒气的陆军科学研究所就把兔子当作研制毒气的实验材料。

远在中国东北的七三一部队在实施研究中也设立了毒气研究班，他们跟大久野岛上的研究项目是一样的，所不同的是，石井四郎用作实验的不仅仅有小兔子等各种动物，还有大量活生生的人。

毒气研究班在实验时，把受实验者推进密封的玻璃柜内，分别进行一度、二度、三度的毒气实验，直到把他们毒死为止。研究班在进行防毒和施放毒气的实验时，如果遇到有人反抗，就会施放毒气把牢房里的人全部毒死。1942年2月，就在伊藤技师准备做细菌注射实验时，有人激烈反抗，致使他的实验计划无法进行。伊藤技师气急败坏，命令施放毒气，把7号牢房里的人全部毒死。看着一堆被毒死的人，他还怒气冲冲地说："正好要搞一次毒气实验，那就让他们好好享受享受吧。"

石井四郎把细菌基地建在东北以后，与奉天宪兵队进行了多次联合毒气实验演习。1934年10月，在四平演习时杀害了1000多名中国人。1935年9月10日，在进行毒瓦斯实验时，在伪新京、吉林监狱中关押的200多人都充当了实验材料。

1945年8月10日，苏联已经对日宣战，并向关东军发起进攻。

森村诚一永远也忘不了一位当年的七三一队员向他说出的一段万恶的行径。这是战争即将结束，部队快要撤出平房时发生的事情。

这是森村诚一记载的七三一原队员的回忆。"那天，当我们几个人看到从特别车上走下来的'马路大'时，所有人都大吃一惊，原来这两个做实验材料的'马路大'竟是俄罗斯母女俩。"

"母亲是个身材瘦小、长着金色头发、三十五六岁的妇女，孩子是个三四岁的小女孩，母女俩都穿着白色的很漂亮的裙子，可这种时候却显得格外扎眼。不知是谁问了一句，这可怎么办？押解的人回答，部队必须撤离，所以这些'马路大'都要处理掉。于是将这母女俩拎扯着装上车，既没有戴手铐，也没有用铁丝捆绑，就被送进了'强巴'（用作毒气实验的小房间）。年轻的母亲似乎有所察觉，但又有什么用呢。刹那间，蹲在母亲脚边的小女孩仰起像小娃娃一样的脸蛋，用好奇的眼光透过玻璃环视周围的一切。这个时候，母亲的两手安静地放在那来回转动的褐色的小脑袋上。女孩安详地偎依在母亲的怀抱里，慢慢地毒气开始喷射了。"

"在这镶满玻璃的小屋里，母亲用力将自己孩子的脸按在地板上，拼命想把孩子从毒气中抢救出来。母亲用矮小的身躯庇护着自己的孩子，但是不久，氰酸钾气体这只魔掌先夺走了小女孩的生命，接着眼看着自己孩子活活死去的母亲也停止了呼吸，可怜的母女俩就这样抱在一起断了气。母亲的手直到最后还放在自己女儿的头上。"

"说起来多么残酷啊。我当时的工作，就是用秒表来计算母女俩断气的时间。我从来不敢去想，那放在小女孩头上的那只母亲的柔软的手啊。一想到那只母亲的手，我不是发抖，就是要发疯。时过37年的今天，那只母亲的手还时时地出现在我的眼前，使我久久难忘。我当时为什么会无动于衷呢？"这位70多岁的原七三一队员像是问自己，也像是问一个无影无踪的魔鬼。在森村诚一访问谈话结束时，老人一边回忆过去的情景，一边紧握着放在膝盖上的拳头。他沧桑的两颊泛起红云，用拳头揩着满脸的泪水，情不自禁地抽泣起来。然而时隔37年后流下的泪水，已无法使那俄罗斯母女俩知道了。

森村诚一创作的混声合唱组曲《恶魔的饱食》中，用诗的语言和生命的旋律再现了这一罪恶的时刻。

　　　　我手握秒表，
　　　　玻璃罩里的"马路大"是俄罗斯母女，
　　　　幼女"马路大"扬起小脸啊！
　　　　这天真无邪的目光，
　　　　我按下秒表，
　　　　俄罗斯人母亲把孩子紧紧抱进怀里。
　　　　倒在毒气下的孩子，
　　　　她那清澈的眼神告诉我，
　　　　她一无所知。
　　　　我杀死了俄罗斯母女"马路大"啊！
　　　　那女孩晶莹透亮的眼神……
　　　　悔恨的泪水流不回那个瞬间，
　　　　37年后的今天，
　　　　悔恨的泪水流不回那个瞬间。

活体实验，这是连杀人不眨眼的帝国军人都心惊肉跳两腿打颤的残暴行径。

三、特别移送

把查阅档案说成是跟档案格斗，这是美国记者约翰·威廉·鲍威尔先生对查阅档案的艰辛所作的生动比喻。1997年的9月，在黑龙江省档案馆里，一个瘦瘦的年轻人就正在进行着这样的格斗，他面对的是这里40多万卷的档案。这场格斗从秋天开始直到下起漫天大雪，到12月10日这天，已经持续了三个多月了。

突然，在一本发黄的档案左上角，一枚"特移扱"字样的长方形印章闯入了他的视线，这是一份完整的日文原始的"特别移送"档案。成功突然降落在这个有准备的年轻人眼前。这个年轻人就是现任七三一罪证陈列馆馆长的金成民，他用手掌猛拍了几下脑门，算是庆祝，也算是对这一百多天艰苦格斗的慰藉。

这次发现的侵华日军关东宪兵队"特别移送"档案66件，15万字，涉及的"特别移送"案件31起，记载了被实施"特别移送"处理的爱国抗日者共计52人。黑龙江省档案馆对这一档案的利用成果给予高度重视，立即组织人员继续搜集这部分资料，后来又陆续发现几件。1999年8月2日，黑龙江省人民政府新闻办公室召开记者招待会，向社会公布有关"特别移送"档案的内容。

1982年吉林省档案馆从吉林省有关部门接收了一批日本关东宪兵队档案，在对档案的整理过程中，发掘出日本关东宪兵队"特别移送"档案80余卷，400多件，包括关东宪兵队及各地宪兵分队、分遣队将抓捕的抗日人士送往"七三一"部队的详细内容。该档案真实地记录了277名中国人、俄国人和朝鲜人被关东宪兵队移送"七三一"细菌部队的史实。

2001年9月6日，吉林省档案馆召开"公布侵华日军七三一部队有关档案"新闻发布会，向社会各界和新闻媒体公布了吉林省档案馆馆藏的"特别移送"档案。这批档案是继黑龙江省档案馆公布的"特别移送"档案之后的又一重大发现。

新中国成立后,历经几代专家、研究人员的不懈努力和艰辛探求,日本关东宪兵队和七三一部队秘密进行"特别移送"的罪恶,被撕去了伪装而大白于天下。

"特别移送"也称作"特别输送",日文称"特移扱",是侵华关东军和关东宪兵队的一个秘密用语,它和陆军防疫研究所、关东军防疫给水部、第七三一部队、"马路大"等秘密用语一样,简单的几个字,掩盖的却是臭名昭著的本性和骇人听闻的罪恶。

"特别移送"就是为了给七三一部队移送足够数量的活人供他们进行实验的惨无人道的野蛮勾当。密谋和最后决定实施这一罪恶的是日本关东军司令官植田谦吉、参谋长东条英机、关东宪兵队司令官田中静一、警务部长尾荣次郎,还有一个就是臭名远扬的恶魔石井四郎。

1938 年 1 月 26 日,日本关东宪兵队司令部警务部下发了第 58 号文件,规定并开始实行"特别移送"。文件专门制订了"特别移送"的被捕人员划分为"间谍"和"思想犯",并根据"犯人"类别、罪状,规定了移送人员的标准。

1、依其罪行程度,预料到必须判处死刑或无期徒刑,并没有被收买和利用价值者;

2、一贯进行间谍或破坏活动分子,至今仍怀有亲苏反日思想,并没有收买和利用价值者;

3、虽然预料到该犯提交到法庭审判后将被释放,但属于鸦片吸毒的无家可归的游民,而且顽固地怀着反日情绪,并无悔悟表现,甚至有重新犯罪的严重危险者;

4、当过抗日游击队员或从事具有同等危险作用活动,无接受感化希望者;

5、因参加秘密活动,而其生存极不利于军队与国家者;

6、与"特别移送"的犯人同一思想,罪行虽轻,但不宜将其释放者。

决定实施"特别移送"的 58 号文件一经发出,一场旷日持久的、大规模的、惨绝人寰的大屠杀，在东北广袤的大地上无声无息地、无影无踪地蔓延开来。

让我们拨开历史云烟，倒转历史时空，回到那不堪回首的年代，还原已经远去的真相。

"特别移送"之牡丹江事件

第二次世界大战爆发后，已经退居天津的东北国际情报组，根据形势的需要又重返东北，在牡丹江和沈阳建立了地下国际情报站，他们直接与伯力的国际情报组织通讯联络，秘密开展对日情报行动。

1941年夏季，潜伏在沈阳的庄克仁很长时间没有收到牡丹江秘密电台的呼号，长期地下工作养成的敏感和经验告诉他，牡丹江站可能出了问题。果然不出庄克仁所料，牡丹江站遭到了牡丹江宪兵队的彻底破坏。

7月16日天刚刚放亮，张惠忠完成了收发报的工作正要休息，发现住处已被日本宪兵和便衣特务团团包围。张惠忠急忙跳窗而走，但未能逃脱又被抓回，电台也被宪兵搜出缴获。就在张惠忠被捕的同时，朱之盈、孙朝山、敬兰芝也先后落入宪兵队之手。情报站成员吴殿兴得到组织已遭破坏的消息，连夜从牡丹江乘火车转移到哈尔滨，住在道外七道街的敬恩德家，没想到日本宪兵跟踪而来，也被抓住押回牡丹江宪兵队。

牡丹江宪兵队对抓获的人员进行了多次审讯，龙桂洁、敬兰芝一口咬定自己是家庭妇女，什么情况也不知道，被宪兵队释放，其余的人都被押解到哈尔滨宪兵队，从此虽经多方打探，再无音讯。直到1950年，苏联公布了对日本细菌战犯的审判材料，在这批材料里留下了朱之盈、孙朝山、吴殿兴等人被"特别移送"到七三一部队秘密杀害记录。张惠忠是中共党员，又是牡丹江地下情报站的负责人，从他被捕的那天起，日本人就把他当成首犯进行审讯，但在审判材料里却找不到张惠忠被"特别移送"的踪迹。侵华日军第七三一部队罪证陈列馆首任馆长韩晓就像勘探矿藏的工程师，他漫山遍野地搜寻，终于在黑龙江省公安厅的档案里挖出了一个案例，它的出现使"牡丹江事件"有了完整的来龙去脉。

1942年夏天，牡丹江宪兵队在五河林镇逮捕了一名与张文善有联系的人。根据都筑敦中佐的命令，将该人"特别移送"给石井部队了。韩晓一眼就看出，这个张文善就是张惠忠，张文善是他在执行任务时使用的化名，而那个与他有联系的人就是敬恩瑞。敬恩瑞是在"牡丹江事件"发生之后，逃到了宁安县的那个小镇，第二年不慎暴露身份而被捕。至于《审判材料》里为什么没有提到张文善和敬恩瑞的名字，那时因为审判只是为了举例说明"特别移送"的，不可能也没有必要把牡丹江事件涉及的所有人都一一列举出来。

"特别移送"之白塔堡事件

就在牡丹江事件的同时，还发生了沈阳的白塔堡事件，这个事件也证明了"特别移送"的罪恶事实。东北国际情报组织在牡丹江建立情报站之后，又在奉天（今沈阳）开辟情报工作，由赵福源、史顺臣担当情报员，庄克仁也是这个组织的上级负责人。开始，赵福源和史顺臣在奉天大东门里的鼓楼跟前，以开百货店为掩护进行情报活动，后又迁移到东城根。苏德战争爆发后，日本宪兵队加紧了对地下电台的搜查，他们不得不把电台转移到深井子区荒地沟村，后来又被迫把情报站转移到白塔堡。1943年2月12日凌晨，宪兵队出动了100多人将白塔堡团团围住，正在发报的赵福源和史顺臣当场被捕。他们在宪兵队经受了严刑拷打，但没有供出一个字，最后被"特别移送"到七三一部队秘密杀害。

"特别移送"之倒木沟事件

在日军侵占东北时期，黑龙江的虎林县是一个抗日烽火漫天的地区，东北抗日联军依靠老百姓的支持，常年坚持在完达山脉的崇山峻岭中，不断地给侵略者以致命的打击。

1937年爆发的"倒木沟事件"，就是在抗联领导下的一次著名战斗。倒木沟是乌苏里江东锡霍特山的一条山溪，在那里放山的人们把一棵放倒的大树横在溪上当桥，世代相传就把这叫成倒木沟。李厚宾的祖籍是辽宁省安东县，也就是今天的丹东，他从小和三个哥哥跟着父亲做木工活为生。父亲最喜欢这个小儿子，就送他去读书，希望他能给李家带来兴旺和荣耀。念完中学当了几年教书先生之后，在1931年他22岁时，经过考试被虎林警察署录用，当了一名警士。后来又调到倒木沟警察署晋升为警尉。其实在这个时候，他已经在著名的抗日英雄抗联第七军副官长毕于民的串联下，和伪警察署长刘日宣、伪保长黄耀亭一起加入了抗联的地下组织，成为地下抗日情报人员。他们在毕于民的领导下，利用警察的身份做掩护，为抗联传递情报、运送粮食、筹措药品。1937年7月，黄耀亭带领自卫队和骑兵连袭击了进山讨伐的日本军队，然后带领部队连同50多户村民一起撤到了苏联。事件发生后，警察署引起日军怀疑，刘日宣身份暴露。日军宪兵队来抓捕他的时候，他若无其事地备酒席招待，趁出去买醋的机会从容脱险，携全家渡江逃往苏联。李厚宾为了逃避宪兵队加害，辞去警察的差事，回到虎林开了一个小杂货铺。但他终于没有躲过宪兵队的追查。一年以后的一天清晨，有两个便衣闯到家里，一进屋就问，你是不是叫李厚宾？得到确认后说，跟我们到宪兵队走一趟。李厚宾很平静，看不出一点紧张的样子，点点头就跟他们出了家门。在他起身穿衣服的当口，把一个钱包留给了妻子陶秀文。这一走，天高地远，音信全无，除了那个钱包之外，伴随陶秀文一生的只有无尽的思念。

岁月走到了1989年的8月14日，这天是李厚宾的生日，它牢牢地刻在陶秀文的心里。"我对得起孩子他爹了，他有孙子，有重孙子了。孩子他爹，咱们的后人兴旺发达，说明我们没做过损人坑人的事啊。"

她面对儿子李钢老泪纵横。"儿啊，我看你爹是真的不能回来了，他可能真的是让日本鬼子给害死了啊。我的意思把你爹影葬了吧，好让他也有个归宿，等我死了也好和你爹并骨啊。"说完母子二人抱头痛哭。

"特别移送"档案发现以后，李厚宾的名字赫然在案。在关东宪兵队特别移送档案的第201页至210页，可以看到1941年8月16日虎林宪高第386号档案清晰地写着，关于审讯苏联谍报员李厚宾情况的报告。报告中详细地记载了李厚宾和刘日宣进行抗日活动的内容，最后的结论是，目前该人正在拘押，无利用价值，适合"特别移送"。当调查人员把这一结论告诉李钢时，他万分难过。"1990年正月二十六，我母亲走了，79岁算得上高龄了。我父亲被捕时，母亲才29岁，可怜她老人家一直盼了五十年，也没盼到我父亲的消息。我们全家受多大的苦不要紧，父亲还一直背着伪满警察的恶名啊。我们把母亲并到父亲的墓里，可我的三个孙子都知道，太祖父、太祖母的墓里只有太祖母的遗骨，没有太祖父的遗骨，他老人家的遗骨在哪里啊！"

送别了调查人员，李钢冒雨赶到了母亲的墓地，他跪在地上泣不成声。"妈妈啊，你盼爸爸的消息盼了一辈子，现在我终于知道了爸爸的下落。他在被捕以后不久，就被日本人送到哈尔滨的七三一部队用细菌实验害死了。爸爸是因为参加抗日才被日本人杀害的，他不是汉奸是抗日英雄。他是为国家而死的，是革命烈士，爸爸如果能魂归故里，现在你们两位老人也该团聚了吧！"

2002 年 6 月 8 日早晨，李钢带着儿子、女儿专程来到日军七三一细菌部队遗址，凭吊父亲李厚宾。"我们怀揣着仇恨和悲哀参观了日军细菌战罪证展览，洒泪跪拜了父亲李厚宾的铭牌。爸爸，这就是您老最后走过的地方啊。您的儿孙们会永远记住日本鬼子的罪行，永远不能忘记我们家庭过去的惨痛历史。"

"特别移送"之大连黑石礁事件

韩晓、金成民还在北京、沈阳、本溪、鞍山等地查实了大连黑石礁事件，并在被害者家属王亦兵手中获得了王耀轩、王学年、沈得龙烈士的照片。

王亦兵是"大连黑石礁事件"的重要人物王耀轩的儿子，王耀轩当年与沈得龙一同被日本宪兵队逮捕，并被特别移送至第七三一部队。当时，王亦兵已经 17 岁，深知事件内幕。王亦兵向韩晓、金成民介绍了"大连黑石礁事件"内幕。后来，韩晓、金成民又寻访到了当年押送沈得龙等人至七三一部队的日本宪兵三尾丰，获得了三尾丰的证词及其他有关的原始日文资料。2001 年去日本跨国取证时，从 1938 年在侵华日军第七三一部队本部任司机的铃木进那里又获得相关证据。

王亦兵回忆的情况还原了那段血雨腥风历史。

1941 年，中共中央社会部及苏联红军参谋本部根据反对日本侵略者斗争形势的需要，联合在大连建立国际情报站，一个设在大连黑石礁高矿町 153 号兴亚照相馆，一个设在大连南山地区近江町 146 号复兴文具店。

据中共冀中区社会部部长张国坚证实，在他任中共冀中区社会部领导工作时，1940 年，曾遵照中央晋察冀中央局社会部许建国部长交办的任务护送党中央社会部派出的陈远（沈得龙）同志到敌占区大连。当时上级批示称，陈远同志是国际兄弟党党员，是我党中央社会部负责地下情报工作的领导干部。

陈远，原名沈得龙，化名李庆春、李成华，朝鲜族人，生于 1911 年 5 月 25 日。1929 年 4 月，18 岁时，由其叔父沈一成与黄某介绍加入中国共产党，并在地方县政府工作。1934 年在东北抗日人民革命军任小队长及青年团负责人。之后被选送去苏联莫斯科共产主义大学学习四年结业。结业后又被选拔进行无线电专业和情报工作的再培训。

1940 年 3 月 27 日，沈得龙受命从莫斯科出发回国，以八路军军官身份派遣到冀中区。

中共冀中区社会部部长委托北中区联络员常宝臻将沈得龙引导到天津冀中区交通站，在自己的表弟、同巨兴工厂经理王耀轩家，特交代要掩护好沈得龙并协助沈开展工作。

在大连挑选情报站地点时，王耀轩出资在黑石礁开办兴亚照相馆，把自己具有照相技能的亲属李振声介绍给沈得龙做助手，先后挑选可靠亲属乡友约 20 人介绍给沈得龙，经过考察大多发展为情报站成员。

就在沈得龙的工作顺利进展时，长春关东军第八六部队无线电班侦听到一个奇怪电波，八六部队和大连宪兵队本部联合侦察近半年，确定这个电波就是黑石礁兴亚照相馆所发射。1943 年 10 月 1 日夜，以大连宪兵队为主体、包括八六部队在内，组成了 60 人的侦捕队伍，5 组 7 个班驱车前往兴亚照相馆，就在沈得龙终止发报的一瞬间，一群如狼似虎的宪兵队员闯入兴亚照相馆，将沈得龙、李振声及二人的妻子和徒工李文化逮捕，还株连了一些亲属。

此时的王耀轩正在北京，得知消息后，当天就赶到天津，准备与胞兄王月轩和侄子王东升一同转移到原籍潜伏下来。没想到，就在王耀轩到达天津当夜，狡猾的木本广男少佐、三尾丰曹长、刘弼玉宪兵，已抢在他之前就在王月轩裕原工厂周围守候。王耀轩中埋伏被捕，又株连了不少亲友。

从复兴文具站转移到沈阳的李忠善，因迟行一步，于10月5日被大连宪兵队的曹长长绍节二尾追至沈阳遭逮捕。同时被捕的有杨学礼情报员和本溪的刘万会情报员。

所有被捕人员均押回大连宪兵队，审查后一些无关人员被释放，随后对沈得龙、王耀轩、王学年、李忠善、李振声、刘万会、杨学礼等7人进行近半年的酷刑审讯。最后，将沈得龙、王耀轩、王学年、李忠善4人于1944年春，由大连宪兵队曹长三尾丰亲自押送到哈尔滨第七三一部队。

当年大连宪兵队曹长三尾丰是这次"特别移送"的主要凶手之一，他不但如实供述了犯下的罪恶，还在良心驱使下，在战后回到中国向王耀轩的儿子王亦兵当面谢罪。他被释放回国后，成立了中国归还者联络会的反战和平组织，长期担任常委和东京支部的支部长，以揭露侵略罪行的斗士著称，1972年访问中国时受到周恩来总理的接见。

三尾丰如实供述了自己的罪行，"我在关东宪兵队10年时间，最大的一件事情，就是把沈得龙、王耀轩等4人作为'马路大'送往'七三一'进行'特殊处理'，即活体实验。经过向关东军司令部申请，1944年2月，决定将这些人特别移送至第七三一部队，由我负责押送。为防止这些重要人犯逃跑和自杀，我们不允许他们上厕所，也禁止他们进行交流和会话。1944年3月1日早晨，他们戴上脚镣出发了。我记得，当时我们坐的是亚洲号特快列车后部车厢第29席位，是带厕所的客车厢。当晚8点，我押送这4个人到了哈尔滨火车站。在严密的监视下，4人下了火车。下了火车后，哈尔滨的宪兵拿着手电筒照亮、警戒，这4个人通过特殊通道出了火车站，然后，我和哈尔滨宪兵队办理了交接手续。"

当年七三一部队队员铃木进也清楚地记得那天晚上发生的事情。

"我记得那是一个晚上，运来的大概是4个人，是大连宪兵队的三尾丰从哈尔滨火车站把那4个人带到平房，其中有一个就叫沈得龙。汽车就停在第七栋和第八栋楼的附近，那里有一个走廊，走廊的中间有一个入口，晚上把人运来后就从那个入口进去了。"

关东宪兵队司令官"特别移送"的指令一经下达，那些遍布东北大地的虎狼和鹰犬就开始了漫山遍野地猎杀无辜，共产党员、抗日志士、国际情报人员已填不饱他们的胃口，他们丧尽天良地对那些平民百姓挥起屠刀开了杀戒。

"我是中国人民的罪人，我这次就是来赎罪的。"面对他真诚的话语和深深的鞠躬，七三一陈列馆的首任馆长韩晓竟不知所措，他想不出应该赞扬他还是安慰他。这是 20 世纪 80 年代，侵华日军老兵上坪铁一来到七三一部队遗址谢罪时的一幕。这个老人叫上坪铁一，在侵华战争中来到中国，在鸡宁县担任宪兵队队长。1944 年的 8 月间，在他的指挥下抓获了 22 名中国的抗日志士，这些爱国者被认定为间谍，经他亲自批准"特别移送"给驻扎在平房的七三一部队，充当"细菌实验材料"，全部杀害了。

上坪铁一在回忆罪恶的往事时，几乎把脸埋起来，他的叙述一声比一声低，连翻译都是凑到他的跟前才听得清。"我那时刚刚晋升为中佐，当上了鸡宁县的宪兵队长。我的心里产生了要出人头地的理想，要在军队里继续往上爬，就得做出优异的成绩，而那时最需要的就是给七三一部队'特别移送'作为实验材料的活人。我当时命令平阳宪兵分队，把平阳镇的张玉环还有他的父亲等 15 名普通的平民抓来。分队长曾场中尉带领 30 多宪兵严刑拷打一个多月，结果什么证据也没捞到。在审讯的过程中，我也到平阳镇去督战，虽然没有结果，但为了显示成绩，就给这些平民按上了'探察军情'和'开展反满抗日运动'的罪名。是我亲自批准把张玉环等被打成重伤的 6 个无辜的普通人和后来又抓到的 16 名'政治嫌疑犯'，一起当成'特别移送'材料送给了七三一部队。报告是我签的字，我这一笔下去就杀了 22 个人啊。"

太震惊了。韩晓没有一点准备，完全不知道此时此刻应该说些什么，他只能继续听上坪铁一说下去。"我有罪，对不起中国人民。这些无辜者虽然牺牲于石井部队，但实际上也等于是我亲手杀害的。其实我杀害的中国人不止这些，要比这多好几倍。战后三十多年来，每当想起这些事，总觉得心里不安，对中国人民欠下了血债。今天来到这里，终于有了赎罪的机会。"

上坪铁一说到这里，痛苦得连腰都直不起来。他回身把一个年轻人拉到韩晓的面前，"日本侵华战争是一段罪恶的历史，这是不能忘记的，中国人不能忘记，日本人更不能忘记。这是我的儿子上坪隆也，是在大连出生的，我这次又把他带到中国来，就是为了让他了解那段历史，记住那段历史，不让悲剧重演。"他从儿子手中接过早已准备好的一束白花，插在特别监狱的断壁上，和他的儿子一起，双手合十祷告。"饶恕我吧，九泉下的英灵。我充当了细菌战的帮凶，我心灵上伤疤永远也无法弥合，我只有用发展中日友好事业的心情来弥补我的罪过。"说完匍匐在地，失声痛哭起来。

根据档案材料统计看，除了苏联谍报员、抗联战士、地下工作者外，许多"特别移送"的人就是普通的农民、劳工、马车夫、工人、商人，有的档案在职业一栏干脆就写着"苦力"或"苦力头"。这些善良淳朴的人，直到被活活地折磨致死，也不明白灾难是怎样降临到自己的头身上。

在日俄战争期间的1904年7月，关东宪兵作为日军的军事警察开进了中国东北，随后正式建立关东宪兵队，成为残酷镇压反满抗日人民和苏联反法西斯志士的一支别动队。自1931年九一八事变后，关东军成立宪兵队司令部，它的分支机构遍布东北全境。另外还有中央保安局和地方保安局、国境警察队、伪满治安部、军警特合一的铁路警护军、关东军情报部。在这些军警宪特机关的掌控之下，还有名目繁多的情报班、办事处、工作班、分遣队、小队、分驻所、驻在所、特搜班星罗棋布。正是这些参与"特别移送"的虎狼鹰犬，他们无处不在，无孔不入，这才使那些无辜的人们，被"特别移送"到七三一部队，成了任人宰割的羔羊。

就在关东宪兵队疯狂执行"特别移送"屠杀中国人的同时，远在德国的纳粹分子也在用一个堂而皇之的名词掩盖他们屠杀犹太人的秘密。

在奥斯维辛的档案里称为 Sonderbehandlung，英文缩写为 S.B，翻译成中文是"特殊处理"。有人说希特勒缺乏起码的地理知识，他把德意日称为轴心国，其实这三个国家根本就不在一个轴心上。可是通过"特别移送"和"特殊处理"这两个嗜血的恶魔们创造的名词，可以看出他们确实是在一个反人类的轴心之上。

奥斯维辛集中营和七三一部队一样被称为"杀人工厂"，在这里有超过一百万人被屠杀。1945 年 1 月 27 日苏联红军解放奥斯维辛集中营的时候，只找到 7650 名幸存者，其中有 130 名儿童。而在七三一部队，自关东军执行"特别移送"的秘密行动以来，所有被特别移送到七三一部队的中国人、苏联人、朝鲜人、蒙古人、荷兰人，无论他们是抗日志士还是平民百姓，无论是老人还是妇女儿童，他们最后的去处只有一个，那就是焚尸炉，所有人无一幸免。

四、细菌战

这里一望无际的辽阔，绿色地毯般的平坦，这里本是牧草的天堂，牛羊的王国，可是在 70 多年前，这里却燃起一场惨烈的战火。

1939 年 7 月，在内蒙古的茫茫草原的诺门罕、哈拉哈河流域地区，日本关东军、伪满洲国军与苏联红军、外蒙古军队的鏖战已进行了两个多月，在朱可夫将军指挥的装甲机械化部队强大火力攻击下，日军节节溃败，双方力量对比悬殊，已经毫无胜算。

这时，在布尔德诺尔和胡鲁斯台诺尔之间的荒原上，开进一支神秘的部队，在他们驻扎的营地周围架起高射炮以防空袭，有巡逻队牵着德国"黑盖"和日本"狼青"等著名警犬站岗警卫，就连前线指挥官小松原道太郎的指挥部，也比不上，这里地面空中层层设防。在这个戒备森严的营地里，住着石井四郎和他的名为关东军防疫给水部的细菌部队。

这是石井四郎第一次亲率队伍在大规模战争中秘密地实施他梦寐以求的细菌战。这也是关东军为了挽救败局在诺门罕战役中抛出的最后一张王牌。

在诺门罕战役中展开细菌战早在预谋之中。1938 年 3 月，石井四郎就窜到内蒙古海拉尔地区。驻军军医官们在当地的入舟饭店为他举办酒会，他在席间又施展善于鼓动的本领。"日苏战争只是时间问题，迟早是免不了的。现代化的武器唯一的就是细菌武器，日本对细菌战是有把握的，你们身为军医，就得在平时提高自己的业务，学习新的科学知识，一旦战争爆发，马上就能用上。"他的预言在一年之后变成了现实，终于可以把细菌武器投入战场，他志得意满了。

石井四郎为这次细菌战制定了周密的部署，拟定了三套方案：1、用榴弹炮向苏、蒙军阵地发射炭疽菌；2、用飞机空投石井式土陶细菌炸弹，或空投感染细菌的小动物和食品，造成鼠疫流行；3、派遣"敢死队"潜入哈拉哈河西岸地区投撒细菌和毒品，使苏、蒙军队误食被污染的水而暴发传染病。小松原道太郎中将对这三套方案进行详尽的研究，反复权衡利弊，最终决定实施最易于保密和最易于发挥细菌武器威力的第三套方案，派"敢死队"人工撒菌。

这支神秘的部队就是关东军第七三一部队参加诺门罕战役的关东军防疫班，由碇常重少佐率领的"敢死队"就在其中。1944 年 7 月，西俊英在接任七三一部队训练部长时，从前任的保险柜里发现了在诺门罕战役中使用细菌武器的照片和碇常重少佐下达的命令，还有 22 名"敢死队"队员名单，上面是队员们用鲜血签下的名字，第一个就是队长碇常重少佐。

"敢死队"装备有两只充气式橡皮船，10 多个大型金属瓶，还有玻璃容器、铁水桶、长柄勺、绳索和装有其他物资的大皮箱。7 月 12 日，在碇常重少佐的指挥下，"敢死队"利用一大片松林隐蔽潜入哈拉哈河西岸。在茂密的草丛中把橡皮船充气下水，用绳索拴在岸边的树上，然后把船划向河中心。为了防止自身受到细菌感染，岸上的队员像拉纤一样向上游拉船，船上的队员利用逆水上行的时候，迅速进行撒菌作业。他们拧开装菌液的瓶盖，连瓶带菌撒进河水中。就这样，在逆水行进了 1 公里的河段，足足撒下了各种细菌液 22.5 公斤。

22.5 公斤的霍乱、伤寒、赤痢和鼻疽菌液，向下游静静地流去，在哈拉哈河清澈的河水下面，谁也看不到这些细菌狰狞嗜杀的面目。

据专家研究考证，在诺门罕战役中，在石井四郎和碇常重指挥下，在哈拉哈河中，一共进行了 3 次撒菌作业。

此时的石井四郎还野心勃勃地指望着他的细菌武器能成为一败涂地的关东军救命的稻草，但他打错了如意算盘。苏联红军在战前就派出情报人员深入东北，在抗联组织的紧密配合下，获得了日军可能在诺门罕战役中使用细菌武器的情报。战争开始后，苏、蒙军队专门铺设供水管道，由后方水源地直接把饮用水移送给前线作战部队，严禁就地取水，防止了在细菌战中受到攻击。

更让石井四郎始料不及的是，在这次战役中，日军患上伤寒、赤痢、霍乱等烈性传染病死亡达到 1340 人之多，就连他率领的防疫给水部也有 40 人因被细菌传染而一命呜呼。

为了保密，关东军一声不响。石井四郎回到平房本部，也严令不准透露诺门罕真相。

虽然搬起石头砸了自己的脚，可石井四郎不喊疼，关东军也不喊疼。在一场失败的战役之后，石井四郎却受到了表彰。关东军副参谋长远藤三郎少将盛赞石井四郎在诺门罕战役中立下战功。1940 年 5 月 23 日，日军大本营陆军部还在各报刊上发表了关东军第六军荻洲立兵中将为石井四郎颁发奖状的消息。

石井四郎在诺门罕战役中使用细菌武器发动进攻，不但收效甚微，反而自食恶果，伤亡惨重。但首战失利的石井四郎不但无过，反而有功，足见他的细菌战武器研究和应用都得到了陆军大本营的认可。

这次惨败并没有使石井四郎停下罪恶的脚步，军方高层对他的肯定和期待，使这个疯子军医的罪恶欲望极度膨胀，他的野心更大，魔爪伸得更长，作恶的足迹踏遍了中国华北、华中、华南等广大的区域，细菌战给中国人民带来了深重的灾难。

此时的石井四郎已经在日军中奠定了细菌战鼻祖的地位，无论是台前还是幕后，所有细菌战的总指挥都非他莫属。随着侵华战争的不断扩大，他预料到细菌战必将会派上大用场。第一次远征迫在眉睫，随即组建了以川岛清大佐为总指挥的细菌生产队，120人分成两组，加班加点，昼夜不停，鼠疫、伤寒、炭疽、霍乱等病菌被大量地生产出来，就像嗜血的妖魔，迫不及待地施展屠杀生灵的本能。

日本关东军总司令梅津美治郎在1940年7月25日颁发丙字第659号命令，命令关东军野战铁道司令官料理将第七三一部队的人员和特种秘密物资运往华中地区。还特别命令，这些货物极端秘密，不得把货物名称填写在运输表内，一律使用"哈—1"、"尼—1"、"尼—2"、"迪—15"等密码，这些都是七三一部队研制的细菌炸弹的代号。同时运输的还有滤水器、医疗器械、消毒材料、帐篷等军用物资。到站地点有南京、上海等50多处。仅运往南京的细菌就有270公斤。

第一次远征队从平房出发了，远征队的指挥官是七三一部队庶务课饭田奈良，为了保密起见这支远征队代号就叫奈良部队。8月5日，他们和南京荣字第1644部队会合，共同制定细菌战计划，将宁波、衢州、金华定为攻击目标，以后又增加了玉山、温州、台州、丽江作为攻击目标。

9月18日浙东细菌战打响。现在无法查证石井四郎内心的隐秘，也就无法解释他为什么在精心准备了三个多月之后，偏偏把细菌战进攻的时间确定在九一八这一天。从这天起，日军对杭州笕桥地区总共发起了6次细菌武器攻击。他们用飞机上的投撒器将70公斤的伤寒菌和50公斤的霍乱菌，投撒在居民区、河流和蓄水池、水井中。

紧接着，在10月27日，由石井四郎担任总指挥的宁波细菌战爆发，由荣字第1644部队长太田澄大佐率领本部100多人，投撒各种细菌125公斤。石井四郎对宁波细菌战绞尽脑汁，用绝了狡诈之心。在整个细菌战过程中，他竟命令研究人员随军作战，拍摄了一部电影纪录片。他不但为日军高级将领放映这部影片，借以炫耀战功，推崇细菌战，还把这部影片当成细菌战教材，在各种培训班上放映，为日后扩大细菌战培养足够的人才。

在发动了宁波的细菌战之后，石井四郎收集到一份中国出版的杂志，上面刊登了宁波地区爆发鼠疫的情况。他拿着这份杂志洋洋得意地说，这次远征实施细菌战是有成效的，标志着用细菌武器展开攻击已进入实战阶段。

宁波细菌战结束后，一场更大规模的屠杀计划在密谋之中了。衢县位于浙、赣、闽、皖四省交界处，素有"四省通衢"的美称，历来是政治、经济、文化中心，这里还集中了国防工业基地，有东南各省中最大的飞机场，这样兵家必争的战略要地，自然逃不过石井四郎的眼睛。

衢州细菌战的来头更大，它是根据日本天皇的命令，由陆军参谋总长下达的有关作战的指示，简称"大陆指"。"大陆指"第690号规定，这次细菌攻击以"特种瓦斯实验"的名义进行。在石井四郎的指挥下，从1940年10月和1942年夏天，两次大规模的细菌战，大量的鼠疫菌、炭疽菌、伤寒菌、霍乱菌、痢疾菌、副伤寒菌铺天盖地地扑向山水田间和城镇乡村，死亡的梦魇刹那间笼罩在毫不知情的无辜的中国人头上。据当时的统计，全县因患鼠疫死亡36人。第二年，感染鼠疫死亡的人数增加到2000余人。到了1945年，全县患病人数达到5万多人，死亡人数累计11916人。有的地区甚至出现了人人自危，朝不保夕，棺材都供不应求的悲惨局面。

这次细菌战造成的后果一直延续战后。1946年夏天，常山暴发疫情，凶猛猖獗，难以遏制，致使4000多人死亡。据1999年衢州市"侵华日军衢州细菌战受害区部分乡镇死难者回顾性调查"，该地区在日军细菌战中死难者为5547人。根据调查结果和历史档案资料为依据，防疫专家分析，衢州地区在1940年日军发动细菌战，到1948年末疫情得到控制，在8年间，累计发病人数达30万，其中有5万多人死亡。

这次战役结束后，石井四郎更加趾高气扬，他逢人就说，这次行动是成功的。他还在部队干部会议上正式声明，在浙赣战区使用细菌武器，已收到颇大的成效，造成了几种极厉害的传染病流行。

日本侵略者的细菌战越来越疯狂、越来越频繁、越来越残忍，而且规模越来越扩大、手段越来越多样、危害越来越惨重。在宁波、衢州细菌战的硝烟还没有散尽，金华细菌战、义乌细菌战的战火相继点燃，直到石井四郎第二次远征，一场更加惨烈的细菌屠杀一步步逼近享有"世外桃源"、"福地洞天"美誉的有着两千多年历史的文化名城——常德。

第二次远征的作战目标选中常德，这又是石井四郎那极具恶毒的眼光起了作用。常德是一个天然的大粮仓，是华中地区中国军队和四川大后方粮食供应的基地。如果用细菌战的方法，不但可以封锁这个大粮仓，而且能使鼠疫菌随着运输的粮食，将鼠疫扩散，甚至能够扩散到四川广大的地区，这对于日军将具有重大意义。

这就决定了常德的这场惨绝人寰的灾难不可避免

希特勒用闪电战悍然进攻苏联，激起了日本军国主义扩大战争的欲望，按照"关特演"的计划，针对苏联的战争准备紧锣密鼓地在暗中步步推进。与此同时，再次对中国发动细菌战也在秘密地谋划之中。为此，石井四郎专程飞回东京向日军参谋本部做了汇报，他信誓旦旦地说，已经研究成功用染有鼠疫的跳蚤作为细菌武器的方法，完全有能力发动更大规模的细菌战。石井四郎的汇报赢得了一片赞誉之声，参谋本部指示七三一部队，要特别注意改进和继续研究细菌作战武器。1941年9月，日军大本营命令关东军准备细菌战。关东军总司令梅津美治郎随即命令第七三一部队大批培养传染病媒介物。

石井四郎在诺门罕战役中，惨败于哈拉哈河畔，继而在宁波、衢州改进了细菌投撒手段，逐步掌握了运用带有鼠疫菌的跳蚤进行细菌攻击的方法。他这样讲解实验的结果，用飞机投撒细菌，不能从高空投撒，否则细菌统统会死掉，细菌只能在500米以内投撒，但在低空投撒时，细菌散布的面积又太小。效力更大的细菌投撒方法是，不把细菌赤裸裸投撒下去，而是把它同媒介物一块，即同昆虫，特别是跳蚤一块投撒下去。带鼠疫菌的跳蚤落到地面以后，就会攻击人或动物，从而造成疫病迅速蔓延流行。

这是石井四郎用成千上万的中国人的生命换来的滴着鲜血的研究成果。

胜券在握的石井四郎没有亲临常德细菌战的前线，他龟缩在几千里之外的平房，把他的得力干将太田澄大佐和碇常重中佐派往常德任现场指挥。太田澄毕业于冈山医学专科学校，也是医学博士，他是在石井四郎之后担任1644部队长，1941年又被石井四郎调到七三一部队任总务部长兼第二部部长，与石井四郎的关系非同一般。碇常重毕业于长崎医科大学，他就是在诺门罕战役中，带头写血书，亲率22名敢死队队员在哈拉哈河播撒细菌的敢死队队长。他们要完成日军司令部下达的基本任务是，要破坏作为中国军队重要枢纽的常德城，切断交通线，这就需要在常德城的居民中间造成鼠疫流行病。

常德细菌战，石井四郎几乎动用了他的全部班底，远征队里的细菌学专家就有30人，全队人员达到100人，他的女婿增田美保少佐也被派往前线亲自驾驶97式轻型飞机投撒细菌。这次在常德，恶魔们总共投撒了感染鼠疫菌的致命跳蚤有36公斤。11月6日，常德附近地区开始有鼠疫爆发，到11月20日，各战区的卫生资料表明，鼠疫已经猛烈流行。石井四郎非常赞赏远征队常德细菌战的成绩，因为当时在常德一带的居民中间引起了强烈的鼠疫症。

用细菌武器杀人，是石井四郎最快乐、最得意的事情。

1942年4月，中国卫生署署长金宝善向全世界公布了日军在中国进行细菌战的书面报告，报告中用确凿证据揭露了日军发动细菌战的事实，对日军犯下的反人类罪行提出严正抗议。但是，著名防疫学家的报告阻止不了侵略者的暴行。太平洋战争爆发后，为了配合日军侵占东南亚的战争，细菌战也随之打到了云南。七三一部队和南方军团所属各防疫给水部队联合行动，在云南实施了细菌攻击。到1943年8月，日军发动十八秋鲁西霍乱菌战，日军细菌战的规模达到了空前的程度，因感染细菌而死亡的人数，超过了前4次细菌战的总和。

鲁西北平原是当时著名的抗日根据地。1941年以来，日军回师华北，在鲁西北推行"强化治安运动"，实行"三光政策"疯狂扫荡，在聊城、堂邑、冠县、莘县制造"无人区"。共产党领导的抗日军民奋起英勇斗争，遏制了侵略者的进攻。日军深感战争形势正在逆转，为了大量杀害中国的抗日军民，妄图摧毁鲁西北抗日根据地，日军策划发动了规模空前的细菌战。因1943年为日本昭和十八年，这次细菌战又是在秋季实施的，故作战代号为"华北方面军第十二军十八秋鲁西作战"，简称"十八秋"细菌战。策划这次细菌战的元凶有恶名远扬的华北方面军司令官冈村宁次、关东军给水部长军医中将石井四郎、华北防疫给水部长军医少将西村英二、七三一部队第四部部长，派往第十二军兼任军医部长的细菌专家川岛清。这次的作战目的非常明确，就是要大量杀戮中国的军人和平民，摧毁鲁西北抗日根据地，检验日军在疫病区作战的防疫能力，检验霍乱菌的杀伤力，以备对苏联作战时使用。

在战术上，日军也极端险恶和残忍。东条英机和石井四郎不约而同地把目光落在了横穿鲁西北的卫河上。卫河的河床高出地平线，是一条悬河，如果在汛期河水泛滥时决堤放水，就能借助洪水传播细菌。与此同时，以水代兵，水淹及鲁豫边区和冀南根据地，把八路军和民众全部消灭掉。而且依据地势，水淹边区根据地，又能保护日军控制的津浦铁路线和德州日军军事基地。这一箭三雕的战术毒如蛇蝎、狠如虎狼。

由于"十八秋"细菌战规模太大，日军自身也大量感染了霍乱，10月24日，冈村宁次、石井四郎下达了停止"十八秋"鲁西作战和第十二军秋季大扫荡的命令。一场细菌战屠杀暂时停下了屠刀。

"十八秋"细菌战的规模和造成的后果都是巨大的。战役结束后，第59师团长细川忠康、参谋长田江捻、高级副官广濑三郎签发了一份《关于霍乱停止发生的报告》。报告称，鲁西霍乱是自然发生的，是南馆陶第44大队一名通信兵在附近农村吃饭时，从中国人那里感染了霍乱，毫不涉及日军散布霍乱细菌的问题。报告中还编造了第十二军因发生霍乱而被迫停止了"十八秋鲁西作战计划"，全力以赴预防传染病的谎言。甚至称赞第59师团对于扑灭霍乱，采取防疫对策方面发挥了巨大作用，贡献极大。日军觉得这还不够，为了进一步进行欺骗，把日军内部发生的霍乱说成是自然发生的，1943年11月上旬，第12军军医部还像模像样地开了一个霍乱问题讨论会。川岛清、铃木敏夫、渥美、增添孝、冈田村树这些研究细菌武器、策动细菌战的战犯们聚在一起，形成了两个结论：一是由于当时在厦门和香港霍乱流行，从南方传来此地；二是因为霍乱菌可以越冬，原来此地就有霍乱菌。

这个由恶魔编造的弥天大谎终究掩盖不了真相，日本侵略者在中国发动细菌战的滔天恶行，罪孽深重，罄竹难书。

　　石井四郎的第一次远征队在宁波鼠疫战中，共进行了6次细菌攻击，用飞机空中投撒的方法，把70公斤伤寒菌和50公斤霍乱菌撒布在居民区、河流和蓄水池中。两天以后，在开明巷以北，开明街以东，太平巷以西5000平方米范围内爆发鼠疫，造成市民死亡有姓名可查的106人，其中少年儿童40人。居民赖福生等12户人家遭灭门之灾。为了彻底消灭鼠疫，人们万般无奈，只好忍痛将115户，137间房屋一把火化为灰烬。

　　衢州在遭到细菌战攻击的当时，所辖的柯城、衢县、龙游、江山、常山、开化等6县相继发生了鼠疫、霍乱、伤寒、副伤寒、痢疾、脓包疮、头癣等传染疾病，死亡5547人。常山县是疫情的重灾区，由于上万人暴病死亡，连棺材都供不应求，满眼惨景，难以言表。开化县疫情蔓延死伤惨重，田野无人迹，午夜多哭声，沿途只见抬棺材，田里稻谷无人收，家里死人无人埋。

　　日军在金华细菌战中使用了牛疽病菌，在居民区暴发了"烂脚病"。婺城区上天师村有300多居民，三分之二的人得了"烂脚病"。雅宅村600多人，有200人患上炭疽病，上百人死亡。金华县和婺城区细菌战受害人中，因皮肤炭疽病死亡635人。

　　在日军细菌武器攻击下，义乌的山山水水也没有幸免于难，义乌地区的47座村庄有1155人染疫死亡，有36户满门灭绝，惨不忍睹。日军还在战役期间侵入崇山村进行人体实验。日军除了给感染鼠疫的人吃药和喷水，还当场把村民王关夫未过门的媳妇18岁的吴小奶解剖，活活把心肺挖走。村民在收尸时发现，吴翠兰少了一条腿，王焕贵的媳妇被割掉了子宫。

　　1941年11月至1942年末，常德县城因鼠疫流行死亡94人。这只是当时防疫部门掌握的数字，实际死亡远远超出这个数字。据1996年成立的"常德细菌战受害调查委员会"的调查，这一地区因鼠疫死亡230多人。

　　日军在滇西进行的细菌战，仅在保山县就有6万人死亡，给这个县城造成了灭顶之灾。而且这灾难随着日军不断地狂轰滥炸，保山、施甸疫区的百姓纷纷向滇西各县逃难，瘟疫迅速扩散蔓延，波及瑞丽、畹町、陇川、潞西、龙陵、盈江、梁河、腾冲、永平、大理、下关、巍山、弥渡、祥云、华宁等数十县，因霍乱死亡近 10 万人。

1943 年 8 月日军发动的"十八秋"细菌战，把屠杀中国人民的罪恶达到了登峰造极的地步。这次细菌战，日军不但大量投撒细菌，还利用卫河流域普降大雨，河水猛涨的机会，决堤放水，使细菌随着洪水泛滥而大范围扩散，导致鲁西北大平原上的聊城、茌平、博平、清平、高唐、夏津、武城、临清、丘县、馆陶、冠县、堂邑、莘县、阳谷、朝城、寿张、范县、观城以及大名、曲周、威县、清河等县，剧烈地暴发霍乱，伤亡达 20 万人。

在日军鲁西北细菌大屠杀的同时，还在内蒙古的呼伦贝尔草原、大兴安岭山脉与松辽平原相接的王爷庙地区也就是现在的呼和浩特市，还有通辽、赤峰，吉林的长春、农安、乾安、扶余，江西的玉山、上饶、广丰，福建的闽北、永安，以及北京、陕西、河南、河北、山西等广大的中国领土上进行持续残酷的细菌攻击。直到 1945 年 8 月 15 日日本天皇宣布战败投降，日军在中国的细菌战一时一刻也没有停止过。

细菌战不仅给中国人民带来无尽的苦难，就是日军自己也深受其害。七三一部队的近 3000 名队员，虽然在生活上享受优惠的待遇，可他们每天都从事细菌生产和实验，时时处处都有被细菌感染的危险。许多人都是在狂热的军国主义喧嚣中，满怀着效忠天皇的热情离开自己的国家来到这里，很快严酷的现实就使许多人在反悔、厌烦、恐惧和思乡之情折磨的惶惶不可终日。不少人在细菌生产、实验和细菌战中死于非命。七三一部队每年都有约 30 人感染细菌而死亡。在诺门罕战役中，日军官兵感染伤寒、赤痢和霍乱病菌的人数高达 1340 多人。七三一部队中，石井四郎精心培养的干将，有 40 人被他们自己制造的细菌夺去了性命。在衢州细菌战中，日军内部发生了鼠疫传播，多人死亡。在日军进攻金华时，由于当时细菌战是在秘密状态下进行的，日军第 13 军不了解情况，冒进金华地区，带来重大伤亡。杭州陆军医院收容的患者数千人，每天都有 3 至 5 人死亡。"十八秋"细菌战是日军屠杀中国人最多的一次战役，有 20 万人葬身于细菌的毒害之下。而处于战役区域的日军未能幸免于难。在决堤放水时，有一支日军先遣队，因躲闪不及被全部淹死。第59师团中就发现霍乱患者200多人。为此冈村宁次和石井四郎声称日军已经达到了作战目的，下达了停止作战的命令。为了严守细菌战的秘密，还由川岛清等人召开了一个讨论会议，宣布疫情是自然发生的。日本战败投降后，川岛清被俘，这时他才说了实话，在伯力法庭上供述了"十八秋"细菌战的全部战争犯罪的事实。

日本侵略者在侵华战争中，在中国的土地上进行细菌研究和发动细菌战，造成中国军民死亡超过20万人，部分地区疫情长期失控流行的严重后果。这些血淋淋的罪恶，正是制造这罪恶的石井四郎自鸣得意的成功之作。细菌战的始作俑者石井四郎正是脚踩着成千上万中国人的尸骨，一步步登上军医中将的宝座。

他早年游历欧洲考察，就对发生在1348年席卷欧洲的那场大瘟疫兴趣盎然，对在瘟疫流行中有2500万人丧生更是津津乐道。正是借鉴这次大瘟疫，邪恶的念头在他的心中疯长。他到处鼓吹，军事医学不仅仅是治疗和预防，真正的军事医学的目的在于进攻，将来的战争必然是科学战，其中的细菌战极为重要，因此必须努力研究细菌武器。

在1945年的3月，石井四郎已经预感到了他的七三一部队即将走到最后的时刻，但他仍然忘不了用他的细菌战做垂死挣扎。他秘密地组建了一支"夜莺特攻队"，从关东军精选了60名受过特别训练的士兵，又从七三一本部抽调18名具有细菌战经验的特殊人员加入特攻队，还招募了500人作为补充兵力。这是一支庞大的细菌部队，是石井四郎准备最后一次发动细菌攻击的队伍。根据关东军对战局的判断，苏联红军可能会在9月以后发起进攻，因此，石井四郎将"夜莺特攻队"的突袭时间定在了9月22日。可是战争形势迅猛变化，苏联8月8日对日宣战，8月9日在华西列夫斯基元帅指挥下，150万军队向侵华日军发起猛攻，关东军一败涂地，"夜莺计划"成了痴心妄想，"夜莺特攻队"也成了一群散兵游勇，随着石井四郎仓皇逃回了本土。

世界反法西斯的正义力量和英勇无畏的中国人民，他们用抗日战争的伟大胜利，结束了石井四郎这个恶魔继续作恶为害人类的机会。山田乙三的供述道出了实情："由于苏联加入对日作战和苏联军队迅速深入满洲腹地，遂使我们失去了使用细菌武器来反对苏联及其他国家的可能。"

石井四郎这个疯子军医，他在把七三一部队炸成一片火海，乘飞机仓皇逃窜的那一刻，一定心存遗憾和不甘，因为他的野心是，"七三一部队生产出的细菌用于细菌战，如果外部条件具备，足以毁灭全人类。"

五、残缺的审判

位于东京西南郊相模川和中津川汇流处神奈川县的厚木机场，在刚领教了美军轰炸之后，就开始忙着收拾残局迎接美军的飞机在这里降落。

1945 年的 8 月 30 日这天的下午，在一片秋风萧瑟之中，它迎来了一个曾经是毁灭日本的敌人现在又以日本的太上皇自居的美国人，他就是因第二次世界大战而闻名世界的麦克阿瑟。飞机呼啸着降落在刚刚臣服于他的敌国的土地上，他腿脚麻利地走下飞机，戴着墨镜，叼着属于麦克阿瑟的玉米芯烟斗，面对迎接的人群，春风得意地一路走去。突然他停下趾高气扬的脚步，悄声问道："那个石井中将在哪里？"

麦克阿瑟这个连总统都不放在眼里的特立独行、狂傲不羁的盟军总司令、五星上将，他在踏上日本领土的第一时间，没有问裕仁天皇在哪里，也没有问东条英机在哪里，却偏偏打探这个以疯子军医著称的石井四郎，这其中的玄机只有在东京大审判之后，才被这个星球上的有识之士渐渐识破。

麦克阿瑟打探石井四郎行踪的一幕，在当时是绝密的情报，人们对麦克阿瑟对待东京大审判的暧昧态度还只是分析、猜测，尽管他偏袒、放纵、保护了一大批二战罪不可赦的战犯的事实已昭然若揭，但还没有真实确凿的证据公之于众，直到 1981 年的秋天美国记者鲍威尔在《原子能科学家公报》上公布了这个惊天秘密，石井四郎和麦克阿瑟之间，也就是日本和美国之间的龌龊交易，才被世人窥见全豹之一斑。

就在麦克阿瑟寻找石井四郎的时候，他已经逃回日本，隐姓埋名地藏了起来。面对一片焦土的日本，他知道一切都过去了。在收听天皇的《终战诏书》的时候，这个昔日横行一时的恶魔在一瞬间就成了一只丧家犬。他先是躲在东京新宿的若松町，开了一家叫若松庄的旅馆，他把这里当成了七三一战后本部，和他的亲信死党们秘密联络，隐藏从中国偷运回来的档案资料。后来他又悄悄溜回千叶县老家。他整天待在阴暗的屋子里，时不时地从黑色窗帘的缝隙中观察外面的风吹草动。他惶惶不可终日，他预感到接受审判的日子越来越近了，以战犯的身份走上绞刑架这将是他人生最后的必经之路。

这个在七三一部队溃逃时，曾下令全体队员自杀的将军，此时却在为逃避审判而绞尽脑汁，他已经没有了用细菌武器毁灭全人类的野心，他现在的最高理想就是如何苟且偷生。

石井四郎毕竟不是一个等闲之辈，谁都无从料到，他在七三一部队仓皇溃逃的兵荒马乱之中，竟一意孤行地冒死犯下一桩杀头之罪。

1945 年 8 月 10 日，苏联红军的轰炸机已经盘旋在哈尔滨的上空，战败的厄运就在眼前。这时，石井四郎接到参谋总长梅津美治郎的电报，内容是，"有关贵部处理问题，将令朝枝参谋前往传达指示，所以 10 日务必在新京军用机场等候。"几个小时之后，石井四郎飞抵长春，在机场一个闷热空寂的机库里，和从东京赶来的朝枝繁春匆匆相会。

命令简短而明确：1、贵部全体解散，让部队成员尽早返回日本本土，所有证据物品都必须永远地从地球上消失得无影无踪。

2、为此，我已经做出安排，调一个工兵中队携带 5 吨炸药归贵部指挥使用，必须将所有的设施炸毁。

3、建筑物内的"丸太"，必须用电动机加以处理，再放进锅炉内焚烧，然后将其骨灰等投入松花江冲走。

4、贵部 53 名具有博士头衔的军医，必须用贵部军用飞机直接运回日本本土。其他成员，包括妇女和儿童在内，应先用满洲铁路公司的火车运往大连，再从那里运回日本。为此，关东军交通课课长已电话命令一列直达大连的特急快车在平房车站停车待命。

朝枝繁春传达得清清楚楚，毫无疑义，可石井四郎在接受了命令转身要走的时候，却回过头来问了一句："研究资料也不能带回去吗？"

朝枝的回答斩钉截铁："不，不能带回去！因为销毁所有证据是参谋总长的命令。"

可是石井四郎违抗军令，挑选了大量重要的研究资料用汽车、火车和轮船千辛万苦地运回日本，这其中甚至还有机械和疫苗。可正是这冒死犯下的杀头之罪，才使他在与美国人的肮脏交易中有了足够分量的砝码，躲过了东京大审判，成功逃生。

东躲西藏的石井四郎并没有逃过盟军第二参谋部的视线，即使他在千叶县老家举行了假葬礼，在报纸上刊登了讣告，也没能瞒天过海，他终于被拘留，他的命运不再由天皇和参谋总长摆布，而是落到了美国人的手里。

其实，早在太平洋战争之前，美国的军事情报机关就经过侦察获取了日军正在研究细菌武器和准备细菌战的情报，到了太平洋战争期间，麦克阿瑟已经知道了七三一部队和石井四郎的名字。这就是为什么麦克阿瑟一踏上日本的领土就急着要找石井四郎的玄机所在。

石井四郎被美军释放软禁在家里，但他可以自由地出入邮船大厦接受美军的审问，他也可以和北野政次、内藤良一等七三一部队的高级官员见面商谈。

石井四郎在中国逃跑前、逃跑途中和逃回日本之后，曾经多次重复他的封口令：一、你们回到家乡以后，要隐瞒自己曾在七三一部队服役的事实，要掩饰自己从军的经历。二、所有人都不准应聘担任一切公职。三、严禁部队成员之间相互联络。

他还叫嚣，要把七三一的秘密带到坟墓里去，谁要是胆敢泄露这个秘密，我石井四郎就是追到天涯海角也要把他揪出来。

在1945年9月2日这个晴朗的上午，日本外相重光葵在美国军舰"密苏里号"上代表日本正式与同盟国的代表签署投降书。在双方签字的这一刻，也为给人类带来深重灾难的第二次世界大战画上了沉重的句号。

1945年9月11日，驻日盟军最高统帅麦克阿瑟发布了一号逮捕令。东条英机、荒木贞夫、土肥原贤二、梅津美治郎、板垣征四郎等39人被宣布为首批甲级战争嫌疑犯。紧接着，二号、三号、四号逮捕令相继发布，被关进东京巢鸭监狱候审的日本战争嫌疑犯陆续增加到118人，但奇怪的是，这其中竟然没有臭名昭著的石井四郎。

1946年5月3日，远东国际军事法庭正式开庭。世界历史上规模最大，时间最长的国际审判开始了。两年半之后的1948年11月4日，庭长韦伯宣布判决书。判决书共有1212页，共10章，一共宣读了8天。28名战犯，除去装疯的大川周明外，另外有两名战犯在审判期间病死，最后实际受审的是25名战犯。远东国际军事法庭共判处土肥原贤二、东条英机等7名被告绞刑，16名被告无期徒刑，1名被告被判处20年徒刑，1名被告被判处7年徒刑。在宣判的战犯中，自然没有罪恶深重的石井四郎。

东京审判还放弃了对日本天皇裕仁的战争责任追究。当时的国际社会认为裕仁负有发动侵略战争的责任，必须严惩。盟军占领日本后，麦克阿瑟将军与日本天皇裕仁进行了一次秘密会面。双方对会谈的内容始终讳莫如深，三十年后的裕仁说，当时与麦克阿瑟将军有君子协定，永不透露。

难道石井四郎也和美国人有君子协定？全世界都在猜测。

1949年12月苏联滨海军区军事法庭在伯力对细菌战战犯进行公开审判；1956年4月中华人民共和国最高人民法院特别军事法庭在沈阳对细菌战战犯进行公开审判，山田乙三、川岛清等战犯受到惩罚。但这和东京审判相比显得声音微弱，没有引起国际社会的强烈震动。

难道石井四郎和七三一部队的罪行还有那些死难者的冤屈就从此消失在历史的黑暗中了吗？

历史一直往前走。1981年秋天，美国记者鲍威尔在美国国立档案馆发现了一批档案资料，其中有盟军最高司令部和生物战专家对石井四郎以及七三一部队相关人员的调查报告、机密电文。依据这些档案资料，鲍威尔在《原子能科学家公报》旬刊上发表了题为《一段被隐瞒的历史》的文章，第一个揭开了日美之间关于细菌武器的秘密交易和美国替日本掩盖细菌战罪恶，使石井四郎等人得以赦免战犯罪责的罪恶经过。

一石激起千层浪。七三一部队问题顿时在日本国内和美国以及国际社会中引起了极大的关注。

日本著名作家森村诚一，为了追踪石井四郎和他的七三一部队的秘密，飞越太平洋，踏上了遥远的美洲大陆，他在美国进行了广泛细致的走访调查，把他发现的秘密写进了《恶魔的饱食》，书一出版举国震惊。

2003 年春天，日本著名女作家青木富贵子女士在石井四郎老家一派恬静景色的村庄里，与石井四郎留下的两册日记不期而遇，从而知道了更多石井四郎和他的七三一部队与麦克阿瑟和盟军最高司令部之间暗底下的龌龊活动。

2011 年，中国学者杨彦君的身影出现在位于马里兰州的美国国家档案馆，他在这里查阅美国分批次解密的日本细菌战档案，发现了石井四郎等人的供述、美军的问讯记录、七三一部队成员提供给美军的文件资料，以及驻日美军同美国国防部、联合参谋部之间的往来电文。在杨彦君《掩盖与交易：二战后美军对石井四郎的调查》文章中，美国掩盖七三一部队的战争责任和私下的秘密交易过程越来越清晰可见。

从鲍威尔到森村诚一，从青木富贵子到杨彦君，还有筱冢良雄、三尾丰等原七三一队员，他们忏悔过去，呼吁和平，揭发罪恶，和作家、学者一道，一点一点一层一层地揭开了那段被隐瞒的历史的黑幕。

事实上，石井四郎开始用掩盖战争罪行的伎俩来对抗盟军的审讯，这一点从底特里克细菌研究基地的调查中看的很清楚。

为了获取日本细菌武器的详细资料，1945 年 8 月下旬，底特里克细菌研究所细菌学专家墨瑞·桑德斯中校奉命赴日本开展调查。他见到了许多相关的人物，如下野的前陆相下村定、梅津美治郎、增田知贞、内藤良一，历时三个多月，写成了《桑德斯报告》。报告认为从 1936 年到 1945 年，日本孕育了进攻性细菌战，其规模可能很大。但又说，在日军军事计划中，细菌战一直是不太重要的小规模行动。桑德斯的这篇报告，主要是依据内藤良一信誓旦旦的谈话内容写成的，他没有察觉到所得到的回答是经过加工制作的，他终其一生都认为日军的细菌战研究是原始低级的，这不能不说是一个研究者的悲哀。麦克阿瑟对这份前后矛盾的报告非常不满，又从底特里克细菌研究所派阿尔沃·汤姆森中校再查。汤姆森对石井四郎及 25 名亲信进行了讯问，完成了《汤姆森报告》。汤姆森对日军进行细菌实验及实施细菌攻击的记载太少，甚至认为，关于发展攻击型的细菌战，七三一部队的有些东西虽然值得注意，但是日本绝对没有能够把细菌武器实用化。

实际上，日军进行细菌战的规模远远超出了汤姆森的想象。石井四郎、北野政次等人彼此串通隐瞒事实，许多真相都没有交代出来，汤姆森和桑德斯一样也被蒙蔽了。

1947 年 4 月，底特里克基地先驱实验计划部主任诺伯特·弗尔奉化学战部司令艾尔·登·魏特少将的命令，继续调查日军细菌战问题。弗尔是个聪明人，他在与石井四郎等 20 多位细菌战专家会谈时投石问路，抛出了对他们的战争罪免责的许诺。

石井四郎当然清楚他对于美国的重要性，他同意把七三一部队的研究成果移交给美国，但交换条件是美国赦免他及其部下的战争罪。他还请求麦克阿瑟，希望能得到一份赦免战犯的书面保证。

对石井四郎的要求和弗尔提出的对石井四郎等细菌战犯免于起诉的建议，独断专行的麦克阿瑟虽然一开始就想放石井四郎一马，但事关重大，他还是向美国政府请示对策。1947 年 9 月 8 日，美国国务院发给麦克阿瑟司令官绝密电报，对保护石井四郎等细菌战犯，收集细菌战资料，作了详细指示：

一、麦克阿瑟司令官不对石井及其他日方有关人员做任何承诺，继续收集尽可能多的情报。

二、由此得到的情报，在实际上要按谍报网处理。如果这种方法不能掩盖事实真相，在东京国际军事法庭查清石井等人的犯罪证据之前，继续像目前这样收集情况。

三、不对石井等人许诺赦免战犯罪，但是美国当局从美国安全保障的立场出发，不追究石井及其同伙的战犯罪责任。

美国国务院的电报中所谓"不对石井等人许诺赦免战犯罪"，是因为不做出那种凭据，美国照样能够获取石井四郎及其部下的情报，而一旦这样的文件暴露出去，不会给美国带来麻烦。从另一方面讲，美国不作书面保证也能够赦免石井四郎及其部下的战争罪。

接下来的电文中，还对下达这一指示的理由做了一些说明如："日本的细菌战经验，对于美国细菌战的计划具有很大价值。""对美国来说，七三一细菌战资料的价值远远超过对石井等人追究战犯责任的价值，这在美国的国家安全保障上说是十分重要的。""通过战犯审判将会明显看出，七三一的这些情报一旦转到别国之手，会给美国的国家安全保障造成怎样的威胁。""从日本方面得到的细菌战情报只能把它作为谍报网来处理，不能以此作为追究石井等人战争责任的证据。"

有了这个尚方宝剑，弗尔自然就知道再往下应该做什么和怎样做了。而此时的石井四郎也心知肚明，刚刚还是交战的双方，现在的心思已经想到了一处，敌人转瞬间成了朋友。

石井四郎把从中国平房偷运回日本的3000人活杀实验观察的记录拱手送给了盟军司令部。又根据在中国战场和后方实施细菌战，屠杀中国军民，破坏农牧业生产的经验，写成4篇文章作为与美国的交换条件。

这4片文章只看看标题就令人毛骨悚然，这是用侵略者的屠刀蘸着中国人民的鲜血写成的。

一、《用活人作细菌武器的实验报告书》。报告书由19人完成，长达60页。

二、《对摧毁农作物的细菌战的研究》这一篇有20页。

三、《关于对牲畜进行细菌战的研究》署名的作者有10人。

四、《20年来对细菌战的全面总结性文章》这篇大块文章由石井四郎亲自执笔，字里行间透出一副苟且偷生的丑恶嘴脸。

为了换取手握生杀大权的麦克阿瑟的欢心，除了这些美国急于弄到手的细菌战技术情报，石井四郎还把用细菌武器作活人实验和活人解剖的病理学标本及幻灯片等都拿了出来，足足有8000多张。

在美国的庇护之下，正是这些战争犯罪的确凿证据，保住了这些战争罪犯罪恶的生命。

在日军战败溃逃时，临近中苏边境的七三一部队的支队的部分人员，由于苏联红军的快速推进来不及逃掉被捕，有关细菌战的部分情报也被苏联方面初步掌握，于是向美国提出了要求引渡石井四郎等细菌战犯的要求。

在石井四郎被赦免战争责任的背后，有一个人的作用举足轻重，他就是盟军参谋本部的首脑威洛比少将，美军占领日本后，他指挥美军情报部对全日本社会进行严密地监控。石井四郎在东京新宿以若松庄旅馆为掩护进行秘密联络的情报，就是他首先获得的。有人这样评价他，只要是麦克阿瑟想看到的，威洛比就能找到让将军对自己的判断信心百倍的情报。可见麦克阿瑟对他的信任。

威洛比在麦克阿瑟的办公室请示关于石井四郎的处理说："要想解开七三一部队的内幕，就非得保证不把他们当作战犯问罪，否则不可能取得进展。"

麦克阿瑟当即回答："那就这样吧。"

谈到苏联要求引渡石井四郎时，威洛比向麦克阿瑟献计说："苏联军队虽然提出了逮捕审讯石井四郎的要求，可我们却必须竭尽全力进行干预。"

后来苏联军官迪宾科当面向麦克阿瑟叫板道："为了逮捕石井四郎，苏联方面也可以从本国向日本派遣苏联红军。"

麦克阿瑟受不了这样公开的指责，叫喊道："你给我住口。"

迪宾科也不示弱，"因七三一细菌实验而牺牲的固然主要是中国人，但也有很多俄罗斯人惨遭杀害。因此，从本国派苏联红军到日本去强行逮捕石井四郎等人是无可非议的。"

在两人争执不下时，威洛比插话威胁说："要想逮捕，我们随时随地都能逮捕。"

气愤的迪宾科一时无话可说。

就这样，苏联要求引渡石井四郎等细菌战犯，由于美国的强烈干预，最终审判石井四郎等细菌战犯的要求未能实现。

精明的美国人不会糊里糊涂就去做这么大的一笔交易。1947 年 10 月，美国又派底特里克研究所的两名细菌专家希尔博士和维克托博士赴日本对石井四郎提供资料的价值做最后评估。他们在完成的报告中指出，石井部队的资料是日本科学家花费几百万美元经费和长期研究的成果。这种资料由于关系到人体实验，是我们自己的实验室有所顾忌而不能得来的。希尔和维克托在报告中，还极力请求为石井四郎等人免罪。

在美国的庇护下，狡诈的石井四郎成功地逃过了远东国际军事法庭的审判，美国人精心编织的黑幕真的遮住了全世界的眼睛。

在当时，这黑幕差点被两个人给捅破，一个是国际检察局负责日本战犯起诉工作的美国法官托马斯·H·莫罗。他曾向第二参谋部提出申请，要求国际检察局起诉石井四郎，得到的回答是"不准审问"。1946年3月2日，莫罗向基南提交了《日中战争备忘录》，叙述了日军进行细菌战与毒气战的事实。莫罗指出，到1942年8月为止，日军在中国至少进行了6次细菌战。他再次被告知不准审问。莫罗不死心，他找到中国检察官向哲浚和美国法官沙顿一起赴中国的上海、北京、重庆、南京等地展开调查，然后向基南递交了《中国旅行报告》，报告中列举了侵华日军的暴行，其中提到了日军进行细菌战和化学战的情况。但这些材料被基南无声无息地存放起来。

在审判开始以后，莫罗突然被调回国内另有任用。外界猜测，是他在法庭上就日军在中国犯下的违反国际法的战争罪进行了陈述，如果他执意继续走下去，就有可能把已经织好的黑幕给捅一个窟窿出来。

还有一个人是日军1644细菌部队队员榛叶修。他挺身而出，向国际检察局出具了"日军罪业证明书"证实该防疫给水部实际上秘密制造霍乱、伤寒、鼠疫、赤痢等细菌，并协助七三一部队进行细菌战。这份文件被国际检察局视为证据材料，收存在微缩显影胶卷中。这样重要的证据材料，同样石沉大海，无影无踪。

东京审判刚刚落下帷幕，苏联、法国、荷兰三国政府，先后发表措辞严厉的声明，谴责免罪释放石井四郎这一毫无原则的错误行为，要求驻日盟军最高司令部重新逮捕石井四郎。

1949年12月25日至30日，苏联滨海军区军事法庭在哈巴罗夫斯克对前关东军司令官山田乙三、军医部长梶塚隆二等12名战犯进行审判，史称"伯力审判"。因在审判中证明日本天皇裕仁、石井四郎、北野政次、若松侑次郎、栗原幸雄等人是准备和实施细菌战这一"反人类的滔天罪恶"的主要战犯，特照会中、美、英三国政府，建议成立国际特别军事法庭，审判上述 5 名战犯。

中国政府也复照苏联政府，完全同意苏联的提议。然而，美、英政府却装聋作哑、避而不答。苏联政府为此又于 1950 年 5 月 30 日和 12 月 25 日两次照会美、英两国，同时把照会副本送交在华盛顿的远东委员会会员国代表。但美、英两国就是默不作声，国际特别军事法庭的大幕再也没有开启。

石井四郎逃脱了，他于 1959 年因患喉癌死去。

北野政次也逃脱了，直到 1984 年才成为一个罪恶之鬼。

还有许多细菌战犯逃脱了，在战后日本各机关、学校、医院、企业当中，有许多战犯在各个部门任职。1950 年 9 月，美军在日本设立血液银行，北野政次、内藤良一、二木秀雄等七三一部队的恶魔们组成"绿十字血液制剂会社"，由于他们和美军的特殊关系，竟然垄断日本血液来源，获取暴利。

东京审判是一场严肃、正义的审判，它惩罚了战争罪犯，维护了国际法的尊严，为人类和平事业的发展做出了重大贡献，具有划时代的意义。它不仅从法律的角度认定了日本发动的对中国、东南亚和美英等国战争的侵略性和非正义性，而且通过审判日本主要战犯，公开揭露了日本军国主义者的战争暴行，尤其是侵华 14 年间在中国所犯下的罪行。正如法学泰斗梅汝璈说，第二次世界大战后的两次战犯审判——纽伦堡和东京的战犯审判，在国际法的发展史上有不可磨灭的功绩。

但它也由于历史条件的限制而留下了残缺的痕迹。除了美国以所谓的美国的国家安全保障为由，暗中交易释放了石井四郎等一批细菌战战犯之外，还有两个缺陷也给后人留下了遗憾：一、东京审判刚刚开始，战后国际形势和美国远东政策就迅速发生了变化。东京审判只对 28 名甲级战犯进行了审理和判决，对已经逮捕的其他 90 名重要战争嫌疑犯陆续予以释放，致使这些在策划、发动侵略战争中担负主要或重要责任的战争嫌疑犯再次回到社会，继续在日本政治生活中占据重要地位、发挥重要影响。这种虎头蛇尾的审判，留下了许多政治后患，这种影响直至今天也没有消除。二、没有追究日本天皇的战争责任，从而造成日本一些政治势力和民众长期拒绝对战争进行深刻反省和忏悔，为战后日本右翼势力的发展提供了广阔的生存空间。

虽然东京审判的残缺把遗憾留给了过去的历史和今天的人们，但它的功绩永远闪烁着伟大的光芒，照耀着人类发展的历史少犯错误，不犯曾经犯过的错误。

远东国际军事法庭对日本战犯的审判，使发动侵略战争、双手沾满各国人民鲜血的罪魁祸首受到应有的惩处，伸张了国际正义，维护了人类尊严，代表了全世界所有爱好和平与正义的人民的共同心愿。这是历史的审判！这一审判的正义性质是不可动摇、不容挑战的！

这是发自中国的声音。

东京审判这页历史虽然已经翻去了六十多年，今天仍然引人瞩目。进步与反动、正义与邪恶、和平与战争的较量将是长期的。日本靖国神社至今供奉着甲级战犯的幽灵，否定东京审判正义性的言论更是时有可闻，这不能不引起人们的强烈愤慨和警惕。

正如东京审判中国法官梅汝璈生前在日记中所言："我无意去做一个复仇主义者，但是如果我们忘记历史，那一定会招来更大的灾难。"

历史挺起昂扬的姿态，踏着雄健的步伐迈进和平希望与战争威胁并存的崭新世纪。2014 年 12 月 13 日，在南京大屠杀死难者国家公祭仪式的上空，回响着一个平和沉稳的声音，忘记历史就意味着背叛，否认罪责就意味着重犯。这声音穿过茫茫天幕，传向四面八方。这是中国国家主席习近平在告诉全世界，只有把历史曾经昏暗的天空和血雨腥风作为永久的记忆，人类才能享受和平的阳光和空气。

第二篇
疯子军医石井四郎

一、荒原城堡

水龙头哗哗地流着热乎乎的清水,一双沾满了肥皂泡沫的手在一丝不苟地揉搓着。正在洗手的人叫石井四郎,是关东军第七三一部队部队长,别看他长着高高大大的身躯,满脸是可怖的冷峻,可洗手的时候就像在手术台上解剖尸体那样细致而小心。他直起身用力把水珠甩净,掏出洁白的手绢把手擦干,接过副官送到面前的军帽戴在头上,精神亢奋地迈开大步冲出卫生间、冲出本部大楼,钻进等候在门口的别克轿车急速向着黑夜中的东乡村部队大礼堂驶去。

这里是距哈尔滨20多公里的南郊,广袤平坦的荒原上,平地里冒出一片现代化的砖瓦和钢筋混凝土结构的楼房,在方圆6平方公里的小城中,核心是一座叫四方楼的庞大建筑,这就是日本关东军第七三一部队本部,这里的最高指挥官就是部队长石井四郎,一个集威武、智慧、凶残和狂妄混成一体的将军。午夜时分,他一声大喊:“全体军官集合,我要训话。”值班的副官立即召集人手,分头向东乡村的宿舍楼群跑去,他们挨家挨户地敲门喊人,寂静的小城顿时一片嘈杂,从睡梦中爬起来的军官们迷迷瞪瞪地朝着大礼堂蜂拥而至。

石井四郎走进礼堂时,所有军官已列队等候。他的登台动作从来不是走,都是小跑,虽然从沉沉黑夜而来,他却像习惯夜间捕食的豺狼一样兴奋,一身戎装也裹不住他浑身散发出的喋血气息。

石井四郎放开嗓子喊道:“日本天皇的忠臣各位,大日本帝国的军人各位,这里是我们用了两年时间建起来的世界最大的细菌战研究基地,这是我皇威在满洲大地的宣布,因为我们的部队是奉大日本天皇敕令建立的,是天皇所亲御的队伍。今天是一个永载史册的日子,从今天开始我们正式启用了这个神秘的基地,由我们这支秘密队伍创立的前无古人的细菌战即将开战。勇武的军人各位,尽军人的天分职守,以报效浩荡皇恩,我们都应感到无比光荣。”

“万岁!万岁!”

刚刚寂静无声的礼堂突然迸发出凶悍的群吼,震得窗户都嗡嗡直响。

吼声稍息，石井四郎继续用那沙哑中充满煽动力的声音说："我曾经去过美国的洛克菲勒研究所，它坐落在纽约河东岸繁华的大街上，我在欧洲考察时也去过德国的科赫研究所、法国的巴斯特研究所，它们都是世界上最著名的研究细菌的研究所。但我要告诉各位，这都是过去的事了，现在这个世界上最大的、最先进的、全面综合的细菌研究机构就在满洲这个叫平房的地方，就在各位的脚下。我们要在这里制造出强大的细菌武器去向敌人攻击，我们要在这里起步，踏平中国、踏平亚洲、踏平全世界。"

石井挥舞着手臂在舞台上走来走去，那高筒皮靴发出咚咚的响声，说出的每一句话都崩着火星冒着硝烟。

"我们是天皇亲御武勇之军人，开拓万里波涛，宣布皇威于四方是军人之本分。确立大东亚共荣圈，进而和盟邦一起共同建设世界的新秩序，这是旷古未有的大事业。为了这个事业，帝国正尽国家之全力促进战争力量的加强，专在军事作战方面扩大使敌人屈服的战果，这是帝国完成伟业绝对不可缺少的条件。但是，帝国的领土小、人口少、兵员不足，国家的资源也有限，没有充分的五金矿藏制造武器，难以承担大规模的战争。缺乏资源的帝国要想取得战争的胜利，务必寻求新式武器，而细菌武器就是其中的一种，细菌战是当今世界上最先进的战法。我是日本最先提出细菌战的军人，我的提议得到了陆军省军务局、日本军参谋战略部、陆军省军医署的支持，圣明的天皇批准了我石井四郎细菌战的主张。"

"万岁！万岁！"

"军部要求我们研究出一种人力无法抗拒的秘密杀人武器，这就是细菌武器。现在我们依仗坚忍不拔的信念，完成天皇陛下敕谕的任务就在眼前，全体各位务必上下一心，遵从天皇之命，服从指挥，履行职责，超越生死利害，勇于赴汤蹈火，达到战争目的，发挥出为国效力的至诚，克尽军人的天分职守，以报效天皇的浩荡恩泽。"

"万岁！万岁！"

震耳的群吼让石井四郎更加难以自持，有力的手势像在挥舞着军刀。

他从细菌培养过程中应注意的事项讲到人体解剖的程序，从实验室试验讲到野外试验，从实施细菌战的作战目的、战时纪律、部队协同讲到攻击的机动性、突然性。他风烟滚滚，戾气腾腾，完全沉浸在细菌战的快乐和享受之中。军中许多人都知道他有一个"疯子军医"的绰号，一疯起来就会半夜三更地集合队伍训话，因为他是部队长，这支部队的军官就都得陪着他一块疯。终于他把黑夜讲亮了，当太阳升起的时候，他在疯狂的最顶点停了下来。

石井四郎真的发疯了。其实他在新京（长春市）嫖妓淫乐了两天两夜刚刚回来，可他疯起来仍然是劲头十足。这天，他改变了以往夜间训话白天睡觉的习惯，从大礼堂出来还没等坐上车就冲司机铃木连喊带叫，"我要视察部队，你给我打起精神来，我要看遍这里的每一寸土地。"

"队长阁下，您还没有吃饭。"

铃木的话惹得火星乱窜，"你忘了绝对服从是皇军军纪的精髓吗？"

这时的平房地区已经在石井四郎的主持下建设成了一座军事重镇，是日军进行细菌研究、生产、试验的中心，也是日军发动细菌战的战略基地，它的规模在世界上首屈　指。为了保密的需要，石井四郎在1932年刚刚落脚在哈尔滨南岗区时，他的队伍叫防疫研究所。1933年8月，日军大本营批准了石井四郎在中国东北地区建立细菌研究基地的报告，在离开哈尔滨70公里以外的五常县背荫河建立试验场地，组建石井细菌部队，化名加茂部队，对外叫关东军防疫给水部。1936年，根据天皇敕令，日军参谋本部扩编了石井部队，并决定将部队本部迁往平房地区，经过两年超乎寻常的建设，这座世界上最大的细菌战基地平地而起。石井四郎给自己起了一个化名叫东乡，用以纪念他心目中的英雄东乡平八郎，也因此把石井部队称作东乡部队，直到后来1941年关东军总司令下令全军所属部队统一番号命名为七三一部队时，他的部队仍旧称作东乡部队，对外的名称是关东军防疫给水部。

他走走停停仔细查看着这个占地6平方公里的基地。四方楼这座象征恐怖的标志性建筑、动力班锅炉房横行霸道的姿态、一座座焚尸炉的烟囱刺向云天、一排排营房宿舍构成的街道马路，还有卫生所、浴池、饭店、医院、学校、神社、酒吧、运动场、游泳池、大礼堂、邮政局、电报局、鱼菜供应部、中心广场，这一切都显示着这里已经成为一座现代意义上的城镇。这支体现皇军威武精神的部队正是因他而生，因他而壮大的，这支在日本军中绝无仅有的充满神秘色彩的部队属于他石井四郎。

这是一支机构庞大专业复杂的部队。在部队本部设有总务部，与细菌研制密切相关的一至四部分别是细菌研究部、细菌实验部、防疫给水部、细菌生产部，此外还设有训练教育部、器材供应部、诊疗部和宪兵室。另外还有 5 支直属部队，分别是牡丹江支队、林口支队、孙吴支队、海拉尔支队和大连卫生研究所，共有 11 个部、50 个课、50 多个班，配备 80 多名校级军官、300 多名判任官，总兵力将近 3000 人。每当视察部队，石井四郎就会欣喜若狂地在心里勾画他用细菌战征服满洲、踏平中国、称雄全世界的霸业。他常常被疯狂点燃，做出疯狂的举动。

"走，去飞机场。"

石井四郎正疯狂地燃烧着。铃木一转方向盘就到了军用机场。机场在总部一号楼东南方向，石井四郎站在宽敞的阳台上就能看到这里。铃木搭着手把他从车里搀下来，他大踏步地走到跑道的边上停下，久久伫立。这个军用机场是专为七三一部队修建的，在一座灰色的三层楼房里是机场的航空班和气象班，这里还建了 3 座飞机库和两条长 1200 百米、宽 120 米的飞机跑道。石井的航空部队拥有吞龙式轰炸机、79 式轰炸机、99 式型轰炸机、隼式战斗机、100 式运输机等共 11 架。在一个以科研为主要任务的部队中有这样的装备是难以想象的，从中可以窥见日本军部和关东军司令部对石井四郎的器重和财力物力的巨大投入。这支部队在石井四郎的主持下能编制出一千万日元的预算，而且把预算编入关东军紧急军事总预算里，这就躲过了向日本议会报告的程序。有人讥讽说，这是一个挥霍无度的预算。石井四郎看着跑道的尽头，想象着一架架飞机腾空而起，把他研究的细菌炸弹投向中国军队的阵地，投向苏联军队的阵地，投向美国军队的阵地，投向新加坡、缅甸、泰国、菲律宾等等全世界所有与日本为敌的国家军队的阵地，消灭敌人，称霸天下，让天皇圣德光照八方，帝国之威光耀四海。想到这他突然转过身来双手握拳高喊："是谁在大日本帝国最先提出的细菌战理论？是谁，是谁？"

站在他身后的铃木一时不知所措，当他意识到这里没有别人，石井四郎只能是在问他时，才慌忙立正回答："是您，队长阁下。"

"是谁建立细菌部队的报告被天皇批准？"

"是尊敬的队长阁下。"

"是谁历尽千难万险地创建细菌部队？"

"是神威的队长阁下。"

"是谁在这满洲荒芜的大地上建起了这世界上最大的细菌战研究基地和行动作战的战略基地？"

"是与天皇共其忧共其荣的队长阁下。"

一阵狂笑压过了旷野里的狼嚎，就连身为军医的他也意识不到，这笑声可能是由于心律失常、高烧不退、神经紊乱、血压不稳等临床症候引起的。他握着军刀的手在颤抖，眼睛放射着炽热的光芒，他浑身的血在沸腾，在这个时候疯狂符合他的性格，也印证了他的妄想。但他此时此刻绝想不到，在七年之后，也是在这条跑道上，他拖家带口背包罗伞遑遑如丧家犬一般地登上他女婿增田美保少佐驾驶的飞机抢先逃命。就在这里，他甩掉了他亲手缔造的天皇军队的两千多将士，丢弃了曾以屠杀了三千生灵而自豪的细菌战基地，也抛开了为整体利益舍身忘己，超越生死利害的觉悟和对天皇陛下忠诚之精神，他在这里如同过街老鼠逃命的时候，附体的魔鬼才离他而去，他才还原了一个真实的石井四郎。

在日本军界，石井四郎一直以疯子军医著称，但那些骂他是疯子的人们，在这个时候才突然发现，他根本就没疯。

二、细菌恶魔

关东宪兵司令部的一个电话让石井四郎疯火熊熊。电话是司令部第三课课长吉房虎雄中佐打来的，通知石井他将陪同司令官原守少将视察七三一部队。石井四郎最热衷接待上级官员的视察，因为这是宣传细菌战和发展七三一部队的机会，这样的机会他是从来都不会错过的。去年植田大将来部队视察，正是由于他出色的宣传、游说能力，扩大了细菌战战略思想的影响力，才抓住了机会率部参加了诺门罕战争，第一次实施了真正意义的大规模的细菌战。

九一八事变后，关东军全面占领了中国东三省，在关东军高层和陆军总部，以满洲为基地乘势进攻苏联的战略意图已经形成，日苏之战只是时间的问题了。1936 年 11 月，日本和德国在柏林签订了《反共产国际协定》，日军的战争情绪更加高涨，第二次世界大战就像烧热的火药桶，只差划一根火柴了。眼看着即将燃起的战争烽火，石井四郎欢欣鼓舞跃跃欲试，战胜强敌苏联是他的夙愿，现在机会来了，他必须抓住这个机会，在战争中展示细菌战的威力，也展示他的天赋和才能。于是，他像当年游说陆军部和参谋本部的军官，最终在永田铁山等一批将领的支持下组建了细菌部队一样，又一次为细菌战四处推销他的战略狂想。

1938 年春天，他奔赴内蒙东北部的海拉尔考察，在当地有名的入舟饭店，驻军的军医官为他举办了欢迎宴会，他自然不会放弃难得的鼓动和炫耀的机会，他的即席演说让在场的军医官们大开眼界。"尊敬的军医官各位，我此次考察的目的只有一个，就是细菌战的战术实施课题。纵观我军在支那的全面胜利和满洲与蒙古边境的局势，为我天皇帝国获得更大的政治利益和经济利益，中苏之间的战争只是时间的问题，这一仗迟早都免不了。苏联的工业很强大，它的坦克、飞机还有火炮都很强大，但是战胜苏联关东军还有更强大的武器。现代化的战争需要现代化的武器，在当今世界上，最现代化的武器就是细菌武器，这个武器就攥在我石井四郎的手里，就是各位熟知的传染病菌，包括鼠疫、霍乱、伤寒、炭疽、赤痢。这些菌种都具有毒性大、传染力强，便于生产，对自然条件抵抗力强等特点，经过我的实验，已经完全达到了细菌战实战的能力。日本军对发动细菌战是有绝对把握的，在帝国需要的时候，我石井四郎当以报国之心尽军人之本分，用现代化的细菌武器使蒙古屈服，使苏联屈服。军医官各位，你们都是皇国培养起来的医学人才，又是亲临战阵的军人，现在就要提高自己的业务能力，诚心研究新的科学知识，善明义理，锻炼胆力，曲尽思虑以谋事。战争就要爆发，你们掌握的知识就要派上用场了。各位一定要谨记，医学不仅仅是预防和治疗疾病，在战争中，医学要成为攻击的手段，攻击、攻击，直至战胜敌人。"

就在这次入舟饭店的激情演讲之后没几天，日军参谋总部作战课和关东军防疫部联合召开军事会议，具体研究细菌战有关进攻的战术方法。这是石井四郎梦寐以求的会议，作战课课长稻田正纯大佐、课员井本熊男少佐、荒尾兴功少佐等军事精英参加会议，石井四郎带领北条园了少佐参加会议。值得一提的是，石井四郎的女婿飞行员增田美保药剂大尉也参加了这次会议，因为他将在战争中驾机冲上第一线执行空投细菌炸弹的任务。会上石井四郎全面地汇报了关于细菌作战研究的成果，并在汇报的过程中，反复建议参谋总部实施细菌攻击。他的建议得到了关东军司令官植田谦吉大将的关注，诺门罕战争打响后，植田亲临石井部队视察，详细了解细菌战的作战能力。

善于抓住机遇是石井四郎的特点，这次机遇可谓千载难逢，他自然不会放过。为了显示实力，迎接植田司令官视察，他命令总务部庶务主任饭田大尉布置了一个临时陈列馆，展示石井式细菌培养箱、胜矢式毒物验知器、卫生滤水机、细菌弹壳等，还用人体试验的照片和绘图详细介绍细菌试验、生产和实战应用的方法，最后还挂了一幅中国各地区的气候图。在司令官植田大将视察过程中，石井始终不离左右，他不但解说清楚，论证有力，而且有问必答，有惑必解，植田司令官对石井的研究成果非常满意，当即命令他尽快制定参加诺门罕战争的作战方案。

诺门罕战争在以朱可夫将军指挥的苏军机械化部队的猛烈攻击下，关东军溃不成军而宣告结束，石井四郎的细菌战更是遭受了沉重打击惨败而归。尽管这样，关东军第六军司令官荻洲立兵中将还是在其官舍宴请了石井四郎。石井带来了他拍摄的细菌战实战纪录影片放映，当场给荻洲司令官和在场的关东军副参谋长远藤三郎少将讲解他的细菌战理论和在诺门罕战争中的情况。荻洲司令官看了影片听了石井的讲解很受感动，对石井大加赞扬。七三一部队在广袤的不毛之地，时值盛夏酷暑，赤沙灼热，兵困马乏之际，石井部队甘冒枪林弹雨，出入第一线，立下了汗马功劳。

1939 年 10 月 2 日，石井四郎从荻洲立兵中将手中接过了奖状，奖状的内容如下：

第六军临时防疫给水部、第二十三师临时防疫给水部。

上述部队在军医大佐石井四郎的领导与指挥下，参加第二次诺门罕事件，在整个事件期间担任防疫给水任务。

尤其，当 8 月下旬敌军发动攻势之际，该部队独立死守哈勒欣河附近的水源，尽管在牺牲了井上军医大尉以下数十名的人员以及器材也被炮弹炸毁的情况下，9 月下旬，该部队为全军开辟了大型作业场，连日有成效地完成了卫生任务，便利了军方得以充分做好战斗准备。

关东军第六军司令部，1939 年 10 月 2 日。

其实，诺门罕战争中使用细菌武器进行攻击，并没有取得预期的战果，石井四郎的心里比谁都清楚，但他坚定地实施细菌战的决心和行动，却得到了关东军和日本陆军大本营的认可，这也让他看到了大力研究发展细菌武器的前景，他鼓足勇气，积蓄力量，等待着发动新的细菌战的机会。现在机会终于来了。

这次迎接原守司令官他没有像迎接植田司令官那样布置陈列馆，他要用实地观摩来增强原守对细菌战的感性认识。他恭敬地说了句，司令官阁下，我们先看看人体实验吧。于是在他的引导下，原守司令官和吉房虎雄中佐一行先进入了位于总部 7 栋和 8 栋楼，这是关押"马路大"的监狱。进入这里要一连打开几层厚重坚固的大门，穿过中心走廊深处向右拐有个通道，通道两侧便是焊有铁栏杆的一大排牢房，这就是用活人进行鼠疫感染实验的地方。原守司令官一行在 1 号牢房前停下来。牢房里躺着一个穿浅橙色衣服大约 40 岁左右的中国男子，在暗淡的灯光下，可以看见他面色发青，犹如蜡人一样，只是他艰难地呼吸着，才有别于太平间里的尸体。

"这是已经感染了鼠疫菌的'马路大'。"石井四郎说着，还用戴着雪白手套的手轻轻指了指这个快要断气的中国男子。

在 2 号牢房里，一个瘦得皮包骨的中国年轻男子被反手捆绑着坐在地上。为了更好地展示实验成果，一个戴着胶皮手套，穿胶皮衣和靴子，戴白色口罩的日本军医打开牢门走进去，使劲地压住他那已经萎缩成一小把的大腿，让跳蚤去叮咬。年轻人拼命挣扎，从他那破乱不堪的衣衫中露出的胸部，瘦得看出了肋骨，胸部还有几块直径约有一寸的已经溃疡的疮痂，整个胸脯变得发红，他嗥叫着，疼痛难忍。

"阁下您看，他身上溃疡的创面就是鼠疫菌感染的痕迹，这种症状非常典型。"石井四郎的声音不大，但很耐心细致。

军医用皮鞭子朝年轻人身上抽了一下，他颤颤巍巍地站起来，东倒西歪地迈了两三步，立刻瘫软地倒了下去，并从喉咙里发出喃喃的声音。

"这是鼠疫菌感染者的一个明显特征，就像这样脚步不稳，摇摇晃晃。"石井四郎渐渐兴奋起来，两只洁白的手比比划划，像是在课堂上讲解一道有趣的数学题。

军医走出牢房扔下皮鞭，立正，敬礼。"将军阁下，请继续参观冻伤实验。"

在走廊的尽头向右一拐，那里有三个带着手铐脚镣的农民摸样的人，他们都在30多岁，一个个瘦弱不堪。他们坐在那里，都把两手放在膝盖上，他们每人的手指从第二关节起全烂掉了，断掉的部位已经溃烂，露出白骨。他们很安静，但眼睛里火辣辣地射出愤怒和绝望的光亮。这光亮虽然比起石井四郎洁白的手套要微弱得多，但跟在原守身边的吉房虎雄中佐却胆怯了，他放慢了脚步稍稍拖后了一点。

"这是我针对在高寒地区作战的实际需要，特别设置的冻伤实验课题，成立了冻伤实验班，建设了有冷冻机和低温空调机等设备的冻伤实验室，经过两年的无数次用活人试验，我们得出的结论是用37度温水浸泡是治疗冻伤的最佳方法。"看着原守司令官不住地点头，石井四郎更加自信，他的讲解也越发地收放自如兴致勃勃。在他详细地阐述真正的军事医学的最终目的在于进攻的细菌战理论时，原守司令官一步一步地走进了他布置的理论殿堂。石井四郎引导着原守，向他一一介绍自己的研究成果。

"这是石井式滤水器，它的原理就是用硅藻土烧制成瓦器，利用瓦器的细微粒子，在水通过时排除细菌，确保饮用水的清洁。有了滤水器的防护作用，就能够在进行细菌战时确保我方人员的安全。"

看完滤水器，来到了研制和装配细菌炸弹的山口班。"这是石井式陶瓷细菌弹。这种用陶瓷或硅藻土烧制的炮弹，是我专门为填装带鼠疫菌的跳蚤而设计的，因为它具有透气性，可以保证跳蚤在炮弹中存活。跳蚤是最富有生命力的虫子，把跳蚤染上鼠疫菌后，再从飞机上投掷下去，寄生在跳蚤体内的鼠疫菌就能顺利地同跳蚤一起落到地面上，这样就完成了对敌人实施的细菌攻击。还有，用陶瓷或硅藻土制成的弹壳，用少量炸药就能从外部引爆，爆炸时产生的热量小，不会伤害到弹壳内的细菌和带细菌的跳蚤。"

在高桥班鼠疫研究室介绍石井式细菌培养箱时，石井自豪的情绪溢于言表。"我还在东京陆军军医学校任教时，就开始研制这种细菌培养箱，它是专为进行细菌战而研制的。用它孵育出的各类细菌能够大量存活并保存下来，足以大面积地传染人群，在细菌战中能够有效地提高进攻的战斗力。"

在参观黄鼠饲养室和田中班昆虫舍、田中班跳蚤培养室时，原守司令官瞪大了眼睛一眨不眨。"阁下看到的并不是普通的老鼠、跳蚤和各种昆虫，它们都是进行细菌战的细菌武器啊。这种武器的杀伤力优于枪、炮，它不用发射器，不用瞄准，但却在无声无息中大面积地攻击敌人。我们只需将细菌战剂注入携带跳蚤的老鼠体内，使细菌寄生在跳蚤体中，跳蚤就成了细菌活的保护壳而免受外界因素的影响。我们在战场上施放老鼠，就等于达到了枪炮射击的目的，用带菌的跳蚤传播细菌来攻击敌人。老鼠死后，跳蚤还会继续袭击其他的老鼠、人类或牲畜，爆发鼠疫流行。将军阁下，我的目标就是要将这些研究成果转化成战争中进攻的武器，我不是夸口，只要外部条件具备，我生产出来的细菌可以毁灭全人类。这可是关东军秘密中的秘密啊。"

原守司令官了解了这被石井四郎称之为秘密中的秘密，也像小泉亲彦、永田铁山和梶塚隆二一样成了热衷细菌战的鼓吹者。在这之后，七三一部队又相继组建了162林口支队、643牡丹江支队、673孙吴支队、

543 海拉尔支队以及代号 319 部队的大连卫生研究所等 5 个直属部队。石井四郎为了他的细菌战冲锋陷阵，三次亲自率领远征队长途奔袭浙江宁波、湖南常德、江西衢县发动细菌战，致使宁波市内爆发知名的鼠疫病，100 多人死亡，常德地区连续 7 年流行鼠疫，死亡 7643 人，衢州境内 90% 的乡镇都爆发了鼠疫、霍乱、伤害痢疾、炭疽脓包疮等转染病。石井在总结远征队的战果时掩不住洋洋得意的心情。"我们远征队取得的辉煌战绩，标志着在战争中使用细菌武器发动进攻的战法已趋于成熟，标志着大日本皇军的细菌战已全面进入实战阶段，是我石井四郎创造了细菌战的新战法，是我所统帅的七三一部队翻开了日本军新的一页，开创了日本军新的历史。"

石井四郎和日军华北方面司令官冈村宁次亲自部署指挥了由第 12 军 59 师和北支甲第 1855 部队的联合行动，在山东西部发动霍乱战，在鲁西地区聊城等 18 个县引发霍乱，根据地军民有 20 多万人死于霍乱。七三一部队和南方军防疫给水部队在云南实施霍乱、鼠疫等细菌武器的攻击，致使霍乱和鼠疫病菌在日军轰炸的中心保山、施甸爆发，死亡人数接近 10 万。日军南方军 9420 部队与 731 部队在云南施放带有鼠疫菌的老鼠，导致鼠疫流行长达 10 年之久，死亡近 5 万人。细菌战四面出击，显示了巨大的杀伤能力，这使石井四郎在军界的影响也达到了顶峰，在战火中，踏着成千上万被细菌武器残杀的累累尸骨，他爬上了军医少将的宝座。

三、莱芒湖畔的幽灵

莱芒湖是闻名世界的湖泊，它之所以闻名自然离不开超凡脱俗的秀美风光，还因为它的人文遗产和深厚的人道主义传统著称于世。

石井四郎在 1928 年到 1930 年间做了一次几乎是周游世界的考察，他用两年的时间游历了新加坡、埃及、希腊、土耳其、意大利、法国、瑞士、德国、匈牙利、捷克斯洛伐克、比利时、荷兰、丹麦、瑞典、挪威、芬兰、波兰、苏联、爱沙尼亚、拉脱维亚、东普鲁士、奥地利、加拿大、美国等 24 个国家。他此行是受陆军省一课课长永田铁山大佐的派遣，以日本驻各国大使馆副武官的身份作掩护，执行考察细菌战的秘密任务。他走到瑞士的时候，自然而然地游览了因水面如镜清澈湛蓝而驰名世界的莱芒湖。不过，这个年纪轻轻又野心勃勃的微生物学博士并没有沉迷于烟霞万顷、花繁树茂的绝世美景，就连湖中那喷涌而出冲上云天九十多米高世界最大的人工喷泉也没能引起他的兴趣来。他步履匆匆，不像是流连忘返的游客，倒像是急急接近目标的杀手。他循着甬道上的路标，来到位于莱芒湖北岸一座古朴庄重中透出威严的大楼前停住了脚步。他面对着这座威严的五层楼房，脸上的神情异乎寻常的阴森。

石井四郎出生在日本千叶县山武郡千代田村的大里，后来改叫芝山町。他小的时候聪颖过人，远近闻名。他在本地一家叫池田学校上学时，因贪玩被老师训斥不服气，为了还以颜色，他竟用一夜的工夫背会了一册课本。第二天老师见他能把课本倒背如流，惊得瞠目结舌，事后一说起此事就感叹不止，这个孩子非比寻常啊。

石井四郎的父亲是千代田村的大地主，他是家中排行老四的男孩，因为聪颖好学颇受宠爱。他先考入千叶中学，毕业后又考入石川县金泽市一所学制四年的高等学校。他的外祖父曾经是有名的医生，所以家里也希望他能成为一名医生安身立命。他没有辜负父母的厚望，以优异的成绩进入京都帝国大学医学部学习，毕业后任近卫兵师团军教练，戴上了军医中尉军衔。此后，他陆续担任了东京第一陆军医院医官，调入京都帝国大学研究生院潜心从事细菌学、血清学、防疫学、病理学的研究，并晋升为军医大尉。在这期间，日本四国岛香川县发生了一种可怕的流行性疾病，有数千人死于这种病毒。石井四郎被派遣到疫区调查这种新的病毒，他在确定和分离引起该疾病的病毒的过程中，研究了传染病预防和过滤系统等医学难题，并把这种疾病命名为日本 B 型脑炎。石井军医大尉的作为受到关注，深得京都帝国大学校长荒木寅三郎的欣赏和宠信。他在日本医学领域能够扎下根基，施展身手，得力于三大支柱。首先是他自己的作为奠定了自己的地位。他在岛香川县成功调查日本 B 型脑炎之后，又相继发表了《革兰氏阳性双球菌的研究》、《人工移植疟疾血球的沉降速度及其影响》等学术价值很高的论文，获得了微生物学博士的学位，扩大了他在医学和军界的影响，许多人都知道有个军医大尉叫石井四郎。再就是他的才能和许多观点得到了永田铁山大佐的赞赏，后来他能够赴欧洲等国考察就是永田一手操办的。最后一条也不可忽视，由于他深得荒木宠信，与其女儿清子结婚，在大学期间成了校长的女婿。

石井四郎面对的这座大楼叫威尔逊宫，是国际联盟的总部所在地。1925 年 6 月 17 日，也就是 3 年前的今天，就在这里召开了管制武器、军火和战争工具国际贸易会议，在这次会议上，有 38 个国家签署通过了《禁止在战争中使用窒息性、毒性或其他气体和细菌作战方法的议定书》，简称日内瓦议定书。在这份议定书中明确宣布：禁止在战争中使用窒息性、有毒的或其他气体以及类似的液体、物质或器具。指出：使用这类武器早已为文明世界舆论所普遍谴责，为世界上大部分国家所参加的这一条约所禁止；并宣布把这项禁止的范围扩及到细菌武器。禁止有毒武器是古老的国际惯例之一，1899 年海牙第二公约附件和第二宣言编纂了这一惯例。日内瓦议定书是根据军事科学技术的发展，对禁止有毒武器的惯例和条约的具体化和引伸，它禁止在战争中使用一切有毒武器包括细菌（生物）武器。

威尔逊宫里的人们，他们无论如何也不会想到，在日内瓦议定书签署通过 3 年后，一个日本年轻的医学博士，正面对面地看着他们，正咬着牙、发着狠，要把他们的议定书撕成碎片，烧成灰烬。石井四郎是细菌战的狂热鼓动者，他虽然经常为宣传他的设想而高谈阔论，但他的主张绝不是泛泛的空谈。他认为日本是一个岛国，国土小，人口少，兵源不足，资源也不足，特别缺乏五金矿藏，以这样的国力发动战争是难以取胜的。纵观第一次世界大战，欧美的军事实力已经远远超过了日本，如果不能用研制出现代化的新式武器与之抗衡，就无法立足于列强争雄之世界，就无法完成保护皇国之大任，就无法实现宇内混同神威之精神。当听说日内瓦议定书的消息时，他就开始思考，既然细菌武器是一种威胁，甚至于要国际联盟用条约来禁止使用，这就足以说明它的威力所在，那就非研制不可。他为这个想法欢欣鼓舞，因为他找到了一条捷径，可以用细菌武器来解决日军在战争中资源不足的问题。从战略作战的观点看，细菌武器杀伤力强、传染性强、死亡率高，又投资少，节省钢铁，是一种很有利的进攻武器。缺乏资源的日本要想在大规模的战争取胜，只能依靠细菌战。

现在他就站在签署日内瓦议定书的大楼前，仿佛又体会到当年听到通过禁止细菌武器的日内瓦议定书时兴奋的心情，他阴森的神情又变幻成不易察觉的冷笑，你不是要禁止吗？那我就研制出来给你看看。在他的冷笑面前，威尔逊宫失去了以往的威严，仿佛这个日本人一挥手，它就会哗啦一声化作一片瓦砾。这是一个让人难以琢磨的疯子军医，在这次考察中，石井四郎的兴奋点落到了欧洲中世纪爆发的那场惨绝人寰的鼠疫上。这次鼠疫浩浩荡荡，横扫整个欧洲，在大约一亿人口的大陆上死亡了 2500 万人。更让他兴奋不已的是，1345 年冬季，鞑靼人在进攻热那亚领地法卡时，因城池久攻不下恼羞成怒，竟用抛石机把黑死病人的尸体抛进城里，造成鼠疫迅速大规模蔓延，使欧洲大陆陷入了空前的大灾难。石井四郎不禁为这人类历史上第一次使用细菌武器发动的细菌战拍案叫绝，五百多年前的鞑靼人就已经发明了细菌武器，我为什么就不能研究出来走在世界前列的细菌武器呢？当然，作为一个医学博士，他非常清楚，鼠疫流行在自然条件下是容易发生的，但要用人工方法来制造流行病就不那么容易了。这是因为，仅有传染源和传染媒介还不足以促成疾病的流行，这还需要大量、复杂和长期的实验，才能知道用人工的方法引起疾病流行的条件。"在当今的日本军界，只有我石井四郎是一个天才，只有我才能承担起做这个实验的重任，只有我才能用细菌武器在细菌战中消灭敌人，成就皇国伟业。"想到这，他把蔑视的目光留给了威尔逊宫威严尽失的墙面，向莱芒湖的南岸眺望，那绿色中隆起的白雪皑皑的勃朗峰给了他冒险的力量。他久久地注视着清澈凝静的水中一跃而出的高大水柱，渐渐地忘记了它是人工制造的巨型喷泉，而是他制造的细菌武器，喷泉顶端四溅的水雾如薄羽轻纱随风飘散，那就是他制造的鼠疫菌，飘到哪里就会把灾难降落在哪里，就会让那里的人群全部灭绝。

石井四郎只懂细菌和战争，他来到莱芒湖跟曾经的拜伦踏进的是一个完全不同的天地。在这里拜伦写下了那首有名的诗《致莱芒湖》，他站在水边说，莱芒湖有着沉思所需要的养料和空气。美国第28届总统伍德罗·威尔逊决定把国际联盟落户在莱芒湖畔的时候，他怎么也不会想到，一个日本的医学博士会在同样的养料和空气中，发出跟拜伦完全不同的沉思，敢于对抗国际公约做出惨绝人寰的罪恶。巴尔扎克把莱芒湖看成是爱情的同义词，他不会想到一个医学博士在如此美丽的湖畔能萌生与人类的仇恨。玛丽·雪莱是在莱芒湖畔讲鬼故事的游戏中受到启发，才写出了第一部科幻小说《科学怪人》，如果她能想到一百多年之后，真的有一个科学怪人在这里变成了邪恶的魔鬼，也可能就没有了这部经典之作了。

就在石井四郎在欧洲考察细菌战的同时，非洲爆发了黄热病疫情，日本杰出的医学博士野口英世赶赴非洲考察，不幸感染病菌而牺牲。就在两天前，1928年的6月15日，他的遗体运回洛克菲勒研究所所在地纽约，安葬在北郊墓地，墓碑上刻着："他毕生致力于科学，为人类而生，为人类而死。"这个被誉为日本国宝、世界至宝的伟大的医学博士，在他为了人类而献出自己生命的时候绝不会想到，同是日本医学博士的石井四郎，最终成了疯狂的魔鬼。石井四郎后来在七三一部队时曾狂妄地宣称："只要条件具备，我生产出的细菌足以毁灭全人类。"

四、鬼蜮兴亡

石井四郎一直睡到中午才起来。他洗漱完毕沉着脸来到餐厅坐下，看着桌上摆好的猪肉丁酱汤、扒烧牛肉、炸大虾和猪肉炖牛蒡、一杯桔子汁，还有两碟小菜腌山蓣菜和咸梅子，丰盛的午餐并没有吊起多大的胃口，他只盛了一小碗大米饭还吃得慢吞吞的。昨天半夜又是在大礼堂紧急集合，他口若悬河地一口气讲了三个多小时，可不管怎样鼓动台下也打不起精神，他也只好在天亮前草草收场。

为了鼓舞士气，这次训话他搬出了东乡平八郎。东乡是石井四郎崇

拜的偶像，他自己曾经化名东乡，到中国东北组建细菌部队的代号叫做
东乡部队，63栋大礼堂的所在地是七三一部队的生活区，石井为他取
名东乡村，可见东乡平八郎在石井四郎心目中的崇高地位。东乡平八郎
生前是日本海军元帅，是日本家喻户晓的军神，他在对马海峡海战中击
败了俄国海军，在甲午海战中击沉中国军舰高升号。石井四郎在训话中
历数东乡的丰功伟绩，提醒所有军官，大战就在眼前，要用东乡元帅皇
国兴废只此一战，全体将士奋勇杀敌的名言鼓舞七三一部队展开攻击，
战胜强敌苏联。石井四郎端起碗吃掉最后一颗饭粒，无滋无味地喝光了
一杯桔子汁，他站起身喊来庶务主任饭田大尉，明天是星期天，举行舞
会，放映电影，食堂多加几个菜。说完沉着脸转身离去。

　　石井四郎一句话，东乡村的星期天热闹起来，到了傍晚已是一片歌
舞升平了。63栋礼堂的电影开演了，广场上的民间舞蹈也彩蝶翩翩，
人们跳着唱着，广场上飘荡着一首轻柔的歌谣。

> 在一望无垠的原野上，
> 青青嫩叶像绿色的波浪在荡漾。
> 心中响起古琴声声啊，
> 唤醒了遥远而美妙的思想梦。
> 东乡村啊，无限美好，
> 我难忘的第二故乡。
> 虽然你缺少一座能驱散钟声的山，
> 可唧唧的虫鸣，
> 正陪伴升腾在东方的月亮。

　　这首歌名叫《东乡村小曲》，是总务部调查课的丁氏在征歌比赛中
的获奖作品，一直在七三一部队流传，每当节假日跳起民族舞蹈时，军
官和家属们就会唱起这段小曲。这是杀人如麻的刽子手蘸着死难者尸体
上的鲜血写成的小曲，是魔鬼的歌声，许多战后的研究者看到这优美的
歌词都不寒而栗。石井四郎也来到广场上，他在不远处看着又唱又跳的

人群，阴沉了多日的脸稍稍有些放晴。看看这庞大的细菌战基地，看看这舒适的东乡村，想想从研究细菌武器的设想，到防疫研究室的创立，想想从落脚背荫河的中马城，到兴建平房地区的七三一细菌基地，眼下早已过了知天命的年岁，可却无从知道为之奋斗了大半生的细菌战还能走出多远啊。

石井四郎的大哥石井彪雄战死在日俄战争中的松树山战役，那一年他刚刚12岁，他已经懂得分担家族的悲哀和失落。他曾经为兄长戎装出征参加自存自卫的正义之战而感到光荣，他也憧憬着能像大哥一样成为皇国的一名军人，冲锋陷战阵，以尽报国之忠。在这个时候，他心中朦朦胧胧地生出征服支那土地的野心，也是这个时候，他幼小的心灵深切地感受到了战争和死亡残酷现实。但是后来他没有去当一名军人，而是遵从父母的愿望，考入了京都帝国大学医学部。儿子有了出息，母亲千代自然心满意足脸上有光，她的父亲曾是有名的藩医，现在儿子继承了他的医学事业，这是家族的一大幸事啊。石井四郎没有辜负父母的企望，他不但学业有成，而且为人处世特立独行，在学校里名声鹊起。在四国岛香川县爆发疫情后，他大声疾呼："我们京都帝国大学对这件事可不能含糊，要为国家做出贡献啊。"他甚至敢于公开抨击校方，京都帝国大学快要成了昏昏欲睡的大学。正是由于他的积极主张，在清野谦次教官的支持下，用他的极具感染力的口才赢得校方的许可，才成立了项目考察小组。考察中，他不但在研究上有所建树，还拿出自己的钱用于科研。当时的科研经费只有2000日元，他却大把地垫上了4000日元，他对森茂树教授说："我家有山林，可以卖掉，森茂树你就尽量用吧。"即使在战后，森茂树回忆起来仍然不无感慨地说："正如诸位所知，当时石井君非常有名，他很会宣传，极受重用。"

石井四郎读完大学即进入军队，先任近卫兵师团军军医中尉，又任东京第一陆军医院医官、京都卫戍病院医官、东京陆军军医学校防疫部教官，他在防疫部当教官的同时，还兼任陆军兵器工厂的军官，他从一个医生一步一步地迈进了军界，成了一名军官。在那个时候身为军人，就不可选择地卷入战争，只要卷入了战争，就必然在杀戮中从人蜕化成恶魔。

越过高山，尸横遍野，

越过海洋，尸浮海面，

为天皇而死，视死如归。

在樱花盛开的季节，我们在靖国神社相会。

我们一起前进、前进，直到敌人全军覆没。

拔出武士刀，带著必死的觉悟向前进！

这是当时风行日本的两首歌曲的片段，石井四郎一觉醒来听到的就是这样的颂扬杀戮和死亡的曲调，走进校园就会经常收到各级政要和右翼团体散发的宣扬武力为立国之基础，耀皇威于海外的小册子。有时一架军用飞机凌空而过时，就会撒下成千上万的传单，上面写着，"醒来吧国防"的口号和把满洲画入日本版图的地图。学生们在习武，市民在演练防空，工厂在加紧生产武器弹药，全日本就像一艘满载弹药的战船义无反顾地全速驶向战争。石井四郎就是这艘战船上的一名军医官，他的理想、他的作为、他的人生都顺理成章地跟这艘战船历史性地捆绑在了一起，他之所以被誉为"疯子军医"，是因为他的灵魂紧紧地依附着那个疯子的国度和疯子的时代。

1929 年，发源于华尔街的金融危机席卷全球，它如同惊涛骇浪荡涤整个资本主义世界，它漫过哪里，哪里就沦为一片经济大萧条的沼泽。刚刚从关东大地震的灾难中挣扎出来的日本，抵挡不住金融危机的狂潮，小小的岛国被冲刷得七零八落。这个时候的日本社会，它的基本治国方略和残酷萧条的社会现实发生剧烈的碰撞，这种碰撞正好把开拓万里波涛，"布皇威于四方"的基本国策挤压成了摆脱经济危机的唯一出路。"欲征服世界，必先征服支那；欲征服支那，必先征服满洲"的大陆政策得到普遍的拥护，被描绘成了摆脱危机，富国强兵，称霸世界的康庄大道。1894 年中日甲午战争和 1904 年日俄战争的胜利，催生了"东方会议"的召开，田中义一的秘密奏折上呈天皇，战争之势已箭在弦上，一触即发。

就在这战火即将引爆的日本，石井四郎应运而生。

其实，石井四郎并不是日本细菌战研究的开山始祖，早在1917年，听到德国在第一次世界大战中使用毒气作战的消息，时任陆军军医学校教官的小泉亲彦做出强烈反应，在他积极主张下，学校设立了化学武器研究室。小泉亲彦在开展实验时，发生意外中毒险些丧命，但他仍然继续研究化学武器。他亲赴欧洲和美国考察，秘密获得了新式武器的情报，回国后在学校设立了防疫部，开始了细菌的研究。石井四郎在考察了欧洲之后进入陆军军医学校，晋升为军医少佐，跟当年的小泉亲彦一样被聘为军医教官，他跃跃欲试，要把细菌战的思想变为战争中进攻的武器和方法。在陆军军医学校任职，为他游说陆军军部和参谋本部提供了条件，他疯子军医的称号也是这时广为流传起来的。

石井四郎宣传细菌战到了有场合就讲，有人听就说的程度。他到陆军军部和参谋本部去游说，也是不请自到，见门就进，逢人就讲，经常令人意外和惊讶。缺乏资源的日本要想在自存自卫的战争中取胜，只能依靠细菌战。从战略作战的观点看，细菌武器是一种很有力的进攻武器。各大强国都在准备细菌战，日本若不及早准备，在将来的战争中就会遇到严重的困难。他的这些说辞说了好几年，有的人早就听过，但他现在把考察了欧洲得到的信息资料添枝加叶，极尽渲染夸张，让人听得云里雾里。他还极力推广石井式滤水器，当众拿出一瓶清水，说是经过滤水器过滤的自己的尿，然后一饮而尽。尽管他的行为怪诞反常，性情执拗张狂，也有人认为他故弄玄虚，哗众取宠，但小泉亲彦却盛赞石井四郎的细菌战构想，要改变军医暨医务局不能直接参加战斗的处境，要全力研究细菌武器，发动细菌战，把军医暨医务局改造成战斗部队。在永田铁山、铃木、梶塚隆二等人的推荐下，日本天皇批准了石井四郎细菌战的战略主张，于1932年8月，在东京若松町陆军军医学校建立了细菌研究室，经过多年的不懈努力，他终于如愿以偿。

广场上载歌载舞的人群一下子涌进来许多，原来是看完电影的人也跟着跳了起来，一时间人声更加喧嚣起来。石井四郎仍在一边直挺挺地立着，歌声舞声汇成的热浪并没有冲淡他沉在心头冷冷的思绪。

刚开始细菌武器研究，是在防疫研究室的招牌掩护下进行的，研究室设在东京陆军军医学校内的一间地下室里，石井四郎带领 5 名助手迈开了细菌战的征程。但他不满足这样小打小闹的研究规模，他雄心勃勃地向陆军大臣荒木贞夫递交了一份报告，要求把细菌研究基地转移到中国的东北。大本营很快就批准了这个报告，决定由石井四郎在中国东北建立细菌实验基地。从在哈尔滨南岗区设立关东军防疫给水部，到在背荫河驻扎"加茂部队"修建"中马城"细菌试验场，从移师平房扩建大规模细菌战基地，到全面发动细菌战获得赫赫战果，从一间地下室到现代化建筑群，从 5 名助手到眼下两千多人的队伍，从军医中尉到军医中将，想想走过的路，他不但打不起志得意满的精神头，背后仿佛袭来丝丝胆怯，只觉得阵阵心虚。

就在这年的 3 月，石井四郎被紧急召回东京，破格参加了陆军本部的参谋会议，会议研究了以攻击性强、死亡率高的鼠疫菌为武器进行细菌战。回来后，他开足马力做了两件事。一件是召开支队长会议，部署大批捕鼠和繁殖跳蚤的紧急行动。他在会议上敲着桌子说："日苏开战的形势已迫在眉睫，七三一部队要竭尽全力增产细菌、跳蚤和老鼠，只有制造大量的细菌武器，打一场细菌战，才能扭转太平洋战争的不利局面。在 8 月底前，必须完成 300 万只老鼠和 2 吨跳蚤的生产任务。都给我打起精神来，这是一道死令，是背水一战，要为七三一部队的荣誉而战，为天皇而战。"第二件事是在绝密的情况下悄悄进行的。这时的石井四郎已经预感到了覆灭的命运，他开始考虑关东军一旦撤退，实行本土作战，就向中国和朝鲜军队发动细菌攻击，造成毁灭性的杀伤。他秘密挑选敢死队员，组成夜樱特攻队，根据关东军司令部判断，苏军可能在 9 月以后对日宣战，所以决定特攻队在 9 月 22 日发动攻击。

石井四郎比谁都清楚日本的处境、关东军的处境、七三一部队的处境和他自己的处境，他能破格参加这次陆军本部的参谋会议，这本身就说明了问题。苏军攻占柏林，德国无条件投降，日军在太平洋战场上连连惨败，苏联军队大兵压境，战争打到这种程度，细菌战不过是同归于尽的垂死之战，挽救不了惨败的结局。派往太平洋战场的军官战死，虽然为这些大东亚圣战的功臣开了追悼会，给家属发了抚恤金，但日军打了败仗的消息已在部队中传开了，动摇的军心已难以稳定。

歌舞还在人群中传递着，但相互感受的已不再是欢乐，有人闭着眼睛像晃悠悠立起来的尸体，有人唱着、舞着、泪也流着。这是一群灭绝人性的魔鬼啊，当丧钟敲响了他们自己的末日时，他们竟恢复了流泪和哭泣的本能。

"你去告诉他们赶快收场吧。"石井四郎给庶务主任饭田大尉扔下这句话后，默默地离开了广场。他环顾这座城堡，想想这用自己的别名命名的东乡村，想想这曾用自己的名字命名的石井部队，曾用家乡的名字命名的加茂部队，这些引以为自豪的往日辉煌，随着战争的失败都将灰飞烟灭。一旦战争结束，他的命运就会像一片落叶，可能落到美国人手里，或苏联人手里，也可能落到中国人手里，最终将魂归何处呢？七三一这秘密中的秘密还能隐藏多久呢！

五、深葬秘密

水龙头哗哗地流着清水，一双像标本一样的手直愣愣地漫无边际地任由流水冲刷。石井四郎是一个讲究卫生珍重健康的人，别人递给他酒他得先用酒精消毒再喝，就连嫖妓都要用酒精棉把妓女擦拭一遍。他站在水池边与其说是在洗手，还不如说是在用清水冲刷那些充满了他灵魂每一个角落的数不清的细菌。他的身躯还像从前那样高大，可举手投足已没有了从前刚劲的力量。他身边的人说他洗手的时候就像在手术台上解剖尸体那样细致而小心，可今天他却惶惶地像等待着被别人宰割。他军装上挂的军医中将军衔，在哗哗的流水声中已是无精打采、可有可无，失去了以往的神采。

"队长阁下，根据131旅团的情报，苏联军队已经占领了牡丹江，阿城附近发现伞兵降落，苏军的飞机已进入了哈尔滨的上空。旅团长宇部少将派来的石原工兵大队长就要炸楼了，我们必须马上撤离。"

增田美保少佐是石井四郎的女婿，他在正式场合都是称岳父为队长阁下。石井扭过脸看着略显惊慌的女婿大手一挥，"不，立即给我集合部队，我要进行最后一次训示。"增田美保擦了擦被甩了一脸的水珠转身跑去。

1945 年 8 月 10 日，石井四郎接到参谋总长梅津美治郎的电报，内容是，"有关贵部处理问题，将令朝枝参谋前往传达指示，所以 10 日务必在新京军用机场等候。"石井四郎飞到新京不久，朝枝繁春也从东京飞来，他们就在一个飞机库里，站着交谈了一个小时。在这个闷热空寂的机库里，石井四郎再也没有了叫喊别人打起精神的劲头，倒是比他小了整整 30 岁的年轻参谋朝枝繁春大败临头仍有条有理。

参谋总长梅津美治郎命令如下：

1、贵部全体解散，让部队成员尽早返回日本本土，所有证据物品都必须永远地从地球上消失得无影无踪。

2、为此，我已经作出安排，调一个工兵中队携带 5 吨炸药归贵部指挥使用，必须将所有的设施炸毁。

3、建筑物内的"丸太"，必需用电动机加以处理，再放进锅炉内焚烧，然后将其骨灰等投入松花江冲走。

4、贵部 53 名具有博士头衔的军医，必须用贵部军用飞机直接运回日本本土。其他成员，包括妇女和儿童在内，应先用满洲铁路公司的火车运往大连，再从那里运回日本。为此，关东军交通课课长已电话命令一列直达大连的特急快车在平房车站停车待命。

石井四郎在平房机场降下来天已经黑了，他回到本部匆匆地召集会议传达参谋总长的指示，同时作出了全体队员和全体家属集体自杀的命令。

经常以天皇名义下达命令说一不二、盛气凌人的石井四郎没有想到，他的命令一出就遭到了抵制，而且是强烈的抵制。菊池斋军医少将首先站出来反对，他是第一部的部长，也是七三一部队资历最老、威信最高的医学博士，他的话义正词严，充满了人性的感召力。

"全体队员为什么要自杀？全体家属为什么要自杀？战争失败了，我们有责任保证全体队员安全撤离，特别是那些与我们同甘共苦的亲人，我们决不能轻易地抛弃他们啊。"

菊池斋博士的意见引起强烈反响，在高等官们的一致赞同下，石井四郎不得不改变了命令，他也第一次尝到了当一个败军之将的滋味。但他下达的全部杀死"马路大"的命令首先得到了坚决彻底地执行。

随着石井四郎的命令，一场血腥的大屠杀开始了。当时在 7 栋、8 栋特别监狱还关押着 400 多用作"实验材料"的人。七三一队员们打开了通往牢房的毒气开关，窒息性的毒气立即弥漫了整个牢房，大多数的人都在窒息痛苦地死去。少数没有死去还在挣扎的，就用手枪一个一个地打死。屠杀是经过了精心布置的。一下子杀死这么多人，在七三一部队还是第一次，仅有的 3 个焚尸炉无法将尸体烧掉，就在牢房的外面挖了一个深坑，把这些尸体扔进坑里，再浇上汽油焚烧灭迹。可挖的深坑还是埋不下尸体，就紧急调来汽车，把一部分尸体运到松花江边，趁黑夜无人发现扔到了江里。在这个阴森恐怖的夜晚，400 多中国人就这样被杀掉了，没有留下一口活气。

在大屠杀的同时，忙着毁灭物证资料的队员们也乱成了一团。他们翻箱倒柜地把各种文件、档案、病例、照片等资料打成捆，装到箱子里，用马车或汽车运到动力班的锅炉房，然后把这些资料全部投入锅炉烧掉了。后来，运到锅炉房销毁的东西越来越多，连玻璃瓶、试管、显微镜，还有各种仪器都要销毁，正常运行的两台锅炉不够用，又开动了一台平时不用的锅炉，就这样昼夜不停地烧，才把该烧的东西都烧尽了。

不光烧东西，房子也得烧。东乡村宿舍、大礼堂、神社、医院都被队员们点起了大火。高等官宿舍地下室的燃气罐发生了爆炸，前些天还在举办歌舞晚会的东乡村，除了浓烟烈火和痛哭哀号，再也听不到轻松欢快的东乡村小曲了。在一片混乱中，石井班的劳工都逃跑了，只剩下 8 个上夜班的饲养员，石井三男班长只好把这 8 个人分成 4 个小组，每一组都由石井班的队员带领，发给他们一小桶汽油，分头把蘸满汽油的线团往动物舍里扔，然后放火点燃。顿时，整个动物舍浓烟四起，火光冲天，到处是乱跳乱窜的火苗，那是被点着的各种小动物葬身火海前的垂死挣扎。

石原大队长已经将炸药安置完毕，起爆炸毁四方楼等重要建筑的时间就要到了，石井四郎抢在这之前集合起队伍，他要进行最后一次训话。石井四郎爬上煤堆，晃晃悠悠地站住，他的皮靴深陷在煤堆里，沾满了煤灰和泥土，他虽然站在高处，可看上去却矮了许多。

"日本天皇的忠臣各位，大日本帝国的军人各位，我现在最后一次向你们下达命令：一、你们回到家乡以后，要隐瞒自己曾在七三一部队服役的事实，不许暴露从军的经历。二、所有人都不准应聘担任一切公职。三、绝对禁止部队成员之间相互联络。"

宣布完命令，他突然拔出军刀挥舞，他声嘶力竭，虽然妖气四射，但听不出以往的骄横和自信："七三一是帝国秘密中的秘密，谁要是胆敢泄露这个秘密，我石井四郎就是追到天涯海角也要把他揪出来。我们每一个人都要把七三一的秘密带进坟墓里去，跟我们的尸体一起烂掉。"

大爆破开始了。随着连续不断的巨大的爆炸声，四方楼夷为平地，一座座焚尸炉轰然倒塌，坚固的动力班锅炉房大部分都被炸掉了，只剩下两个高大的烟筒半死不活地戳在地上，平房在大爆破中陷入了一片火海。

大溃逃和漫山遍野乱窜的老鼠一起也开始了。七三一队员和家属们肩扛行李，手拿提包，背着孩子，一窝蜂地涌向平房火车站。分批撤退的计划根本无法执行，为了逃命的人群争着抢着往火车上挤，有的队员和家属挤不上车厢，就在站台上绝望地自杀了。混乱的场面难以平息，火车延迟了几个小时，才吭哧吭哧地爬出了平房站。

此时，石井四郎正乘坐着女婿增田美保少佐驾驶的飞机在平房上空盘旋，在对爆破炸毁的建筑群进行拍摄后，放弃了发誓要征服的国度，放弃了天皇的浩荡恩泽和亲御武勇之军人的脸皮，仓皇地朝着属于自己的本土逃命去了。

六、逃脱审判

石井四郎套了一身又瘦又短的普通衣裤，除了眼神里还残留着一缕凶光，看上去跟成千上万的难民没有什么两样。他有意蜷缩着他那高大的身躯，一路颠簸逃回了自己的国家，逃回了自己的家乡，在新宿的若松町悄悄地藏了起来。他隐去了姓名，隐去了军医中将的荣耀，隐去了部队长的权威，他希望人们忘却那个赫赫有名的石井四郎。这个曾经屠杀了三千多无辜的生命，在撤退时曾下令七三一部队两千多军人集体自杀的疯子，现在只求能隐姓埋名地活下去。但是他没有想到，在他躲在昏暗的小屋里惶惶不可终日的时候，有一个人早已死死地盯住了他。

8月30号这天的下午，一架巴丹C—54型飞机呼啸着降落在刚刚领教过美军轰炸的东京西南郊神奈川县的厚木机场。麦克阿瑟从机舱里钻了出来，他腿脚麻利地走下飞机，戴着墨镜，叼着属于麦克阿瑟的玉米芯烟斗，面对迎接的人群，先摆个姿势让记者们拍照，然后春风得意地一路走去。突然他停下趾高气扬的脚步，悄声问道："那个石井中将在哪里？"在第二次世界大战中闻名世界的盟军总司令、五星上将以他的特立独行和狂傲不羁而著称，在他踏上日本土地的第一时间，没有问裕仁天皇在哪里，也没有问东条英机在哪里，却偏偏打探这个以疯子军医著称的石井四郎，这里边的玄机盟军参谋本部的首脑威洛比少将心领神会，美军在日本的秘密情报机构立即启动了搜寻石井四郎的行动。

在逃命的路上，石井四郎看到遭受了狂轰滥炸的大日本帝国已经是一片焦土，他知道一切都完了，一切都过去了，就连能东躲西藏低三下四地活下去都成了一种奢望。在收听天皇的《终战诏书》的时候，这个昔日横行一时的恶魔在一瞬间就成了一只丧家犬。他先是躲在东京新宿的若松町，开了一家叫若松庄的旅馆，他把这里当成了七三一战后本部，和他的亲信死党们秘密联络，隐藏在中国偷运回来的档案资料。后来他又悄悄溜回千叶县老家深深隐藏起来。他整天呆在阴暗的屋子里，时不时地从黑色窗帘的缝隙中观察外面的风吹草动。他惶惶不可终日，他预感到接受审判的日子越来越近了，以战犯的身份走上绞刑架这将是他人生最后的必经之路。

为了逃过盟军第二参谋部的视线，他在千叶县老家精心策划了假葬礼，还在报纸上刊登了讣告，他以为在施放了足够的烟雾之后，就能迷惑盟军第二参谋部的视线，瞒天过海，溜之大吉。

但是他低估了威洛比将军密布日本的庞大情报网的厉害，他虽然机关算尽，没想到聪明反被聪明误，石井四郎葬礼的讣告引起了威洛比的警觉。盟军第二参谋部派出20多名精干特工人员，从石井四郎突然死亡这一线索入手，很快就撕开了他精心编织的诈死的伪装。其实美国人早在1941年就盯上了神秘的七三一部队，自然也就盯上了他石井四郎，对他沉溺于嫖妓淫乐的恶习了如指掌，特工们很快就在新宿县一个叫邦邦女郎的艺妓旅馆里，发现了一个跟石井四郎非常相像的人。这时盟军的情报部门并没有急于动手，而是通过对已经掌控在手里的七三一部队军医大佐内藤良一的审讯，确认了此人正是麦克阿瑟急于要找的石井四郎，还获得了他藏有大量研究细菌战资料的秘密。

石井四郎终于落到了美国人的手里，他的命运不再由天皇和参谋总长摆布，只能听由美国人的发落了。但他却享受着东条英机、土肥原贤二他们做梦也想象不到的待遇，美国人仅仅把他软禁在家里，他可以自由地出入邮船大厦接受美军的审问，甚至还可以和北野政次、内藤良一等七三一部队的高级官员见面交谈。

1947年1月一个寒冷的夜晚，在日本东京一家名叫镰仓的小酒馆里，由威洛比亲手策划了一个秘密会晤，一方是等待审判的细菌战战犯石井四郎，另一方是盟军最高统帅麦克阿瑟。石井四郎比约定的时间早到了一会，他坐在那里惴惴不安地等待着接下来将要发生的事情。麦克阿瑟来了，大步流星地到了跟前，他急忙起立行礼。就在这一刻，他突然发现原来两个人的个头差不多，绝不像麦克阿瑟跟瘦小的天皇那张合影，显得占领者高人一头。当对方伸手示意坐下时，他如释重负，看来可以跟这个连总统都不放在眼里的五星上将平起平坐地讨价还价了。石井四郎深知能有这样的待遇来之不易，两年前战败溃逃时的一幕在脑际闪过。他永远也忘不了在新京机场那闷热的飞机库里，朝枝繁春参谋传达参谋总长梅津美治郎的命令：部队解散，销毁证据；炸毁建筑；杀死全部"马路大"；所有人员撤回本土。就这四条，朝枝传达得清清楚楚毫无疑义，他也听得清清楚楚没有疑义。可就在他接受了命令转身要走的时候，却忍不住回过头来可怜巴巴地问了一句："研究资料也不能带回去吗？"

朝枝的回答斩钉截铁："不，不能带回去！"他不死心，又问了一句："为什么？"朝枝提高了声音说："因为销毁所有证据是参谋总长的命令。七三一部队是这个世界上绝无仅有的细菌部队，这里的秘密如果暴露出去，将会危及日本天皇，危及天皇你懂吗？那后果不堪设想，执行命令吧！"他连夜飞回平房本部执行参谋总长的命令时，却偷偷地打了一个折扣。他暗地里部署亲信，在大溃逃的一片混乱中，神不知鬼不觉地将大量细菌战研究资料保留下来，历尽周折运回了日本，运回了他的老家。石井四郎坐下看着麦克阿瑟想，多亏当时一意孤行冒着杀头之罪留下了这些研究资料，这才使敌对的双方能够坐在一起，这才有了跟美国人交易的砝码，才能逃脱战犯的罪责，保住自己的性命。

这场交易虽然肮脏，但并不复杂，麦克阿瑟要的是石井四郎手中细菌活体实验的资料，石井四郎要的是麦克阿瑟把他的名字从东京审判的战犯名单中轻轻地抹掉。威洛比就曾经向麦克阿瑟献计，要想揭开七三一部队的内幕，就非得保证不把他们当作战犯问罪，否则不可能取得进展。麦克阿瑟兑现了他的承诺，他从石井四郎手中得到了想得到的一切。这些资料包括一份长达60页的用活人做细菌武器实验的报告书、一份长达20页的对摧毁农作物的细菌战研究报告书、一份由10名研究人员编写的关于对牲畜进行细菌战的研究论文，以及一篇由石井四郎亲自执笔撰写的20年来对细菌战的全面研究总结性著作，此外还附有8千多张有关用细菌武器做活人实验和活人解剖的病理学标本和幻灯片。

早在1945年9月11日，驻日盟军最高统帅麦克阿瑟就发布了一号逮捕令。东条英机、荒木贞夫、土肥原贤二、梅津美治郎、板垣征四郎等39人被宣布为首批甲级战争嫌疑犯。紧接着，二号、三号、四号逮捕令相继发布，被关进东京巢鸭监狱候审的日本战争嫌疑犯陆续增加到118人，这其中竟然没有臭名昭著的石井四郎。可见这个时候麦克阿瑟就已经萌生了要抬手放过石井四郎的想法。1946年5月3日，远东国际军事法庭正式开庭。世界历史上规模最大、时间最长的国际审判开始了。两年半之后的1948年11月4日，庭长韦伯宣布判决。判决书共有1212页，共10章，一共宣读了8天。28名战犯，除去装疯的大川周明外，另外有两名战犯在审判期间病死，最后实际受审的是25名战犯。远东国际军事法庭共判处土肥原贤二、东条英机等7名被告绞刑，16名被告无期徒刑，1名被告被判处20年徒刑，1名被告被判处7年徒刑。由于镰仓小酒馆里的秘密交易，罪恶深重的石井四郎没有作为战犯被逮捕，他悄无声息地逃过了正义的审判。

难道石井四郎跟美国人有秘密交易？全世界都在猜测。

难道石井四郎和七三一部队的罪行还有3000多死难者的冤屈就从此消失在历史黑暗的角落里吗？全世界都在瞩目。

1959年10月，随着秋风落叶，患喉癌的石井四郎死去，难道他把犯下的累累罪恶带进坟墓，从此就再也无人知晓了吗？

历史的长河有时平静舒缓，有时波澜壮阔。在东京审判过去35年，石井四郎死去22年的1981年秋天，美国著名记者、作家鲍威尔在美国国立档案馆发现了一批档案资料，其中有盟军最高司令部和生物战专家对石井四郎以及七三一部队相关人员的调查报告、机密电文。依据这些档案资料，鲍威尔在《原子能科学家公报》旬刊上发表了题为《一段被隐瞒的历史》的文章，第一个揭开了日美之间关于细菌武器的秘密交易和美国替日本掩盖细菌战罪恶，使石井四郎等人得以赦免战犯罪责的惊天黑幕。

紧接着，日本著名作家森村诚一历经十余年倾尽心力，甚至是豁出性命完成了三卷《恶魔的饱食》，七三一部队的滔天罪恶震惊了日本，震惊了全世界。

2003年春天，日本著名作家青木富贵子在石井四郎老家一派恬静景色的村庄里，与石井四郎留下的两册日记不期而遇，从而知道了更多石井四郎和他的七三一部队与麦克阿瑟和盟军最高司令部之间暗底下的龌龊活动。她在《七三一——石井四郎及细菌战部队揭秘》一书中，把她发现的秘密告诉世人。

金成民是侵华日军第七三一部队罪证陈列馆馆长，为了探索石井四郎的罪恶踪迹，他历尽艰辛苦苦跋涉了二十多个春秋，付出了他生命中最美好的时光。他个子不高但志向高远，他身材瘦削却铁肩担道义。

1997 年秋冬之交，他用了三个多月的时间苦苦地在档案馆里深挖日伪时期的档案资料，终于发现侵华日军关东宪兵队"特别移送"案件的，卷宗共计 15 万字，这是能够证明七三一部队用活人进行细菌实验最有力、最直接的证据。2000 至 2008 年间，他拉起人马，在日本和平志士的帮助下，东渡日本完成了三次跨国取证，为石井四郎的罪恶又发掘出一件件铁证。2008 年他写成了历史研究巨著《日本军细菌战》，还被译成日、韩两国语言出版，把揭露七三一罪恶的研究成果推向了国际社会。

还有筱冢良雄、三尾丰等原七三一队员，他们忏悔过去，呼吁和平，揭发罪恶，和作家、学者们一道，一点一点一层一层地揭开了那段被隐瞒的历史黑幕。

2012 年的夏天，华盛顿宾夕法尼亚大道美国国家档案馆、国会山文艺复兴建筑风格的美国国家图书馆和斯坦福大学胡佛研究所都留下了一位浑身朝气的青年人的身影，他就是侵华日军七三一部队罪证陈列馆副馆长、青年学者杨彦君。他正在通过 NARA 解密的美国战略情报局、中央情报局、军事情报局、联邦调查局及其他机关的十万页二战日军罪行档案，苦苦搜寻着战后一直被掩盖的七三一部队的秘密。他发誓要彻底揭穿七三一的所有秘密，让它的全貌更详尽，细节更清晰，让它成为世界的记忆。

七三一是一段过去的历史，谁也没有想到石井四郎的阴魂不散，在今天又起波澜。2013 年 5 月 12 日，日本现任首相安倍晋三在宫城县松岛市航空自卫队基地视察时，身穿飞行服，登上自卫队"蓝色冲击波"飞行表演队的 T—4 型教练机，他面色狂傲，动作张扬，对着镜头竖起大拇指，他在炫耀和宣示什么呢？原来他登上的这架飞机的编号是"731"。他究竟要干什么呢？该不会他跟当年的石井四郎一样也疯了吗？

在这天的夜里，石井四郎的墓地里该不会有鬼火乱窜乱舞吧？

第三篇
人性的旗帜

人性的旗帜

　　森村诚一，一听就是个日本人的名字，年轻的中国人会有些陌生，可要是提起《草帽歌》，四十多岁以上的人都会留有记忆。这首歌在上个世纪八十年代初的中国风靡一时，它是日本电影《人证》的插曲，在演唱会上，只要一报上歌名，就会激起狂热的掌声甚至惹出一串串口哨。这部电影就是根据森村诚一的小说《人性的证明》拍摄的。

　　　妈妈你可曾记得，
　　　你送给我那草帽，
　　　很久以前失落了，
　　　它飘向了浓雾的山岙。
　　　妈妈只有那草帽，
　　　是我珍爱的无价之宝，
　　　就像你给我的生命，
　　　失去了再也找不到。

　　这是森村诚一颂扬人性的歌唱，也是涌动在他血液中的生命的旋律。

一、揭开祖国的伤疤

就在电影《人证》正火的时候，森村诚一不声不响地来到了中国，来到了哈尔滨的平房区，来到了这个曾被石井四郎炸成一片废墟、杀得尸骨成堆、点燃鼠疫爆发的地方。森村诚一在日本家喻户晓，也是享誉世界的大作家，他是为了《恶魔的饱食》第三部的写作，和他的助手下里正树先生一起飞越大山大洋来到平房的。他在平房呆了两天，风平浪静，连我这样的崇拜者都没得到半点消息。

森村诚一是日本著名的推理小说作家，《人性的证明》是他的巅峰之作，不但轰动日本也风靡中国。上个世纪八十年代初，他在历经十年艰辛的采访和调查，运用详实确凿的证据材料，写出了报告文学《恶魔的饱食》，作品在《赤旗报》连载震动日本，世界文坛为之瞩目，出书三百万册一销而空。书中以大量事实揭露日军在侵华战争时期，在中国用活体实验进行细菌武器的研究和制造，他一口气写出了三部，向全世界公开了日本政府犯下的反人类罪行。

森村诚一走进七三一部队本部大楼，他拿出一份在日本调查时根据当年七三一队员绘制的部队设施复原"要图"，像老熟人一样边走边指指点点。一层左边的房间是传达室和宪兵室，再往里走就是印刷室，左边走到顶端的房间是诊疗室，往右边是调查课庶务班、调查课长室、摄影班、管理课、人事课，在这上二层楼，右边顶端的房间就应该是石井四郎的办公室。

中方负责接待的韩晓顿时失去了引导员和解说员的作用。森村诚一查看"要图"上记载的房间时，还一一说出了七三一部队本部的编制、各部的编制和直属各支队的编制情况。他谈吐间洋溢的青春气息，再加上用双肩挎着一个旅行包，看上去像个搞社会调查的大学生，难以想象按中国的算法已经是虚岁50岁的人了。在场的人对这个日本大作家顿生高山仰止的钦佩之情。

在踏查的过程中，森村诚一指着1号楼正面大门三角屋顶的右上方屹立着一根砖造的烟囱说："我在调查访问时，围绕着这根烟囱的照片，在原部队的队员中产生过争论，按照他们的回忆，在 1 号楼屋顶后面的那个位置，没有这样的烟囱。这是一个问题。如果说在 1 号楼屋顶后面能看到的烟囱，只能是焚烧'马路大'的焚尸炉的烟囱，但是它的位置应该在 1 号楼的左后方，而且比这个烟囱还应更高一些。这是从这一争论中又派生出来的新的问题。这两个问题众说纷纭，虽然根据部队设施有航拍的照片为证，但是细节仍有争论。"

这回轮到韩晓说话了。"其实那根烟囱并不是七三一部队的，是后来我们修建暖气时新建的。焚尸炉的烟囱确实原来在西北角的位置，但七三一部队撤退时已被炸毁，现在已不存在了。焚尸炉的位置还能找到，但什么痕迹都没有了。"

在踏查四方楼和特设监狱时，地方史学会佟振宇先生向森村诚一给出了详细的解释："七三一部队在撤退时，这个地方破坏得最厉害，只有当年种植在四方楼四角的小树原封不动地保留了下来，因此，我们可以清楚地看到监狱的位置和面积。我们还对整个遗址进行了精密测量，总面积 32.24 平方公里。从以上数值和空中照片来推测，这与以前说的 6 平方公里见方大体相符。"

当森村诚一走进当年石井四郎的办公室时，他沉默了，他的眼睛波涛汹涌，好像是站在岸上看海潮，又像是站在山上看云烟，其实他是在心里丈量那段逝去的历史，搜寻那些零落的碎片和消散的血腥气味。

当时的七三一本部大楼被用作一所学校，石井四郎的办公室是学校的一间办公室，有两个老师正在办公。没有寒暄，因为他带进来的沉重情绪瞬间就弥漫开来。

"那场战争已经结束37年了，人们对战争的记忆渐渐淡薄下来了。三十岁以下的人不知道战争是怎么回事，就连有战争体验的人，也好了伤疤忘了疼，甚至还有人有意地美化过去。我写的《恶魔的饱食》这本书，绝不是要拿那场战争来煽起中国人的旧怨，而是为了坦率地承认日本以往的错误，为了日本再不重犯以往的错误。如此才能不忘却战争的悲剧，防止发生新的悲剧。"

听了森村诚一的话，人们肃穆起来。可能是来得突然，那两位女教师有些拘谨，真不知她们以后怎样在这间办公室里上班。肃穆被一阵很好听的铃声吹散，学校放学了。成群的孩子一下冒出来，快乐乱成一片挤满了操场。孩子们只顾自己快乐，并没心思注意从楼里走出来的这几个大人，可森村诚一却注意起了这些孩子。孩子们很快散去，一个悲惨故事在操场上静静地流淌。

这件事发生在1943年的春天，七三一部队"协防班"的班长裴文才、翻译春日中一和一名日本宪兵，他们乘火车到新京（长春）去执行一项特殊任务。春日吩咐说，这次任务是抓间谍，但不能只盯着年轻人，小孩也要留心。春日在街上发现了一个流浪儿，就示意裴文才和宪兵上前抓住，带上了手铐，当天就押回了平房。小男孩很倔强，连骂带咬，宪兵就把他绑起来吊在房梁上，用皮鞭子抽打，打得遍体鳞伤。不一会，春日过去对宪兵说："不能这样打，把他交给我处理吧。"春日所说的处理，就是把这个小男孩领到解剖室，交给军医们活活解剖了。

这个中国少年，按照七三一队员的命令，光着身子上了手术台。他看上去不过十二三岁的样子。全身麻醉后，用酒精擦净了少年的身体。一名雇员从围在手术台旁的田部班队员中走出来，手里拿着手术刀靠近这个少年。少年开始挣扎，恶魔们扑上来把他按住，用扣带紧紧固定住四肢，注射麻醉剂。一个军医在少年的胸部拉开一个 Y 字形的口子，血块扑哧扑哧地从止血钳子旁边往外冒，露出了白色的脂肪。这时，实习的军医们都上来了，把少年的肠子、胰脏、肝脏、肾脏、胃等各种脏器，熟练地取出来，放入事先准备好的装满福尔马林溶液的标本瓶子中。取出的内脏，有的还在瓶子中不停地抽动。就这样，队员们你一刀，我一刀，一个年轻的生命就死在了七三一部队的实验室里。

这个少年没有参加抗日活动，他被当作"实验材料"的原因是七三一部队想解剖一个健康的少年做一次对比性病例研究，但监狱里的"马路大"没有合适的人选。这样就从外地抓回一个流浪儿，暗中进行解剖试验。这个少年就这样无端地丧失了生命。

故事不再流淌，而是凝固在了操场上，它会永远地凝固在这里，跟七三一本部大楼默默相对，跟石井四郎办公室的窗户冷冷相望。

昨夜这里下了一场雨，雨过天晴的空气格外清新宜人。森村诚一留意地看着有积水的地面，水泊中映照着蓝天和白云。这个曾经弥漫着杀戮、血腥、残暴的地方，人们正在享受恬静、舒适、安逸的生活。和平，和平是多么美好啊！森村诚一动了感情。

"我之所以坚定不移地追踪战后的七三一的足迹，是为了揭露战争狂热的可怕和民族优越感的实质，不使此类错误重犯，在人类已经建立起来的和平基石上添上一块小小的石子。揭露祖国犯过的错误是伴随着痛苦的，我们忍受着痛苦把这些错误的事实告诉下一代，使他们不要随记忆的淡薄而忘掉老一代人通过宝贵的牺牲而应该学到的教训。我执笔写作《恶魔的饱食》的真正原因，并非仅仅暴露侵略军的残酷性，并揭露其罪行本身，而是要把真相传给不了解战争的下一代人，以防日本人重蹈覆辙。我相信这就是战争体验者的义务。"

森村诚一当时并没有说出春日仲一的名字，"那个翻译病重来不了了，他一再托付我代他向中国人民道歉。"说到这，他给在场的中国人深深地鞠躬。当他弯下腰时，双肩背着的旅行包像一座山压在他的身上。他揭开了祖国的伤疤，而自己的心一定在流血。

二、和平圣地——平房

两年前，金成民老师把我领进了七三一，我越走越远，越走越深，在黑暗处我发现了一道光亮，借着这道光亮再往远处深处走，就会觉得开朗了许多，原来那是森村诚一的思想发出的光亮。

他还没有踏上平房这块土地的时候，就已经把平房印在了心里，因为这里是刻着自己祖国罪行的地方。他曾亲眼见过，一位在七三一部队当过护士的老太太，合起满是皱纹的手掌，虔诚地向着平房鞠躬，祈祷长眠于这片土地的死难者安息。从那时起，他就常常梦见这个从未去过的地方。1982 年他第一次进入平房地界的时候，心中竟闪过一丝不安。平房是七三一部队的老巢，被残害的"木头"的无穷怨恨和日本侵略者的爪痕深深地刻在了这个地方，在三十七年之后的今天，它会用什么样的表情来迎接我们呢？而且头天夜里下过雨，天还阴沉沉地没有放晴，是不是"木头"的灵魂不欢迎日本人来访呢？尽管他对平房之行忧心忡忡，但还是像怀着乡愁非得访问圣地耶路撒冷不可的基督教徒一样来到了平房。

就在他走进平房不大一会儿，把平房比喻成耶路撒冷的念头就得到了印证。在平房区政府为他举行的欢迎会上，韩晓先生给他讲了上坪铁一的事情。1978 年 7 月间，日本中国归还者联络会第五次访华团来到平房。在来访的日本人中有一位老人很特殊，他在儿子的搀扶下走到四方楼的遗址，这就是当年七三一部队的特设监狱。老人向废墟上献上一束白色的鲜花，然后长时间地站在那里喃喃自语。他叫上坪铁一，这年已经八十七岁了，他在 1944 年 8 月到 1945 年 5 月间担任过鸡宁、东安的宪兵队长。当时他经手报请批准，把 22 名中国抗日爱国志士以苏联间谍的名义"特别移送"给了七三一部队当作"实验材料"。他这次在儿子的侍奉下专程来到平房，就是来忏悔自己犯下的罪行，向中国人民谢罪。

森村诚一永远也忘不了一位当年的七三一队员向他说出的一段万恶的行径。这是战争即将结束部队快要撤出平房时发生的事情。"那天，当我们几个人看到从特别车上走下来的'马路大'时，所有人都大吃一惊，这两个'马路大'竟是俄罗斯母女俩。"

"母亲是个身材瘦小、长着金发、三十五六岁的妇女，孩子是个三四岁的小女孩，她们两人都穿着白色的裙子。有人问，这可怎么办？押解的人回答，部队必须撤离，所以这些'马路大'都要处理掉。于是将这母女俩装上台车，既没有戴手铐，也没有用铁丝捆绑，就被送进了'强巴'（用作毒气实验的小房间）。母亲似乎有所察觉，但又有什么用呢。刹那间，蹲在母亲脚边的小女孩仰起脸，用奇怪的眼光透过玻璃环视周围的一切。母亲的两手安静地放在那来回转动的褐色的小脑袋上。女孩安详地偎依在母亲的怀抱里，慢慢地毒气开始喷射了。"

"在这镶满玻璃的小屋里，母亲用力将自己的孩子的脸按在地板上，拼命想把孩子从毒气中抢救出来。母亲用矮小的身躯庇护着自己的孩子，但是不久，氰酸钾气体这只魔掌先夺走了小女孩的生命，接着母亲也停止了呼吸，可怜的母女俩就这样抱在一起断了气。母亲的手直到最后还放在自己女儿的头上。"

"说起来多么残酷啊。我当时的工作，就是用秒表来计算母女俩断气的时间。我从来不敢去想，那放在孩子头上的那只母亲的柔软的手啊。时过三十七年的今天，那只母亲的手还时时地出现在我的眼前，使我久久难忘。我当时为什么会无动于衷呢？"这位七十多岁的原七三一队员像是问自己，也像是问一个无影无踪的魔鬼。在森村诚一访问谈话结束时，老人一边回忆过去的情景，一边紧握着放在膝盖上的拳头。他沧桑的两颊泛起红云，用拳头揩着满脸的泪水，情不自禁地抽泣起来。然而时隔三十七年后流下的泪水，已无法使那俄罗斯母女俩知道了。

春日仲一因为重病无法来平房了，他只能像那位护士老太太一样，遥望着平房祈祷，他只能让访问平房的森村诚一先生代他向死难者谢罪。春日仲一在森村诚一代他谢罪不久，就满怀着对中国人民的愧疚和不能亲身到平房赎罪的遗憾离开了人间。但是许多当年七三一的老兵们，他们在人类良知的感召下，在反对战争呼吁和平的强烈愿望促动下，冲破重重阻力和社会压力，纷纷前往平房向中国人民谢罪，以此来洗净曾经被罪恶染黑的心灵，干干净净地走完一生。

1986年5月18日，原七三一部队队员鹤田兼敏第二次来七三一遗址访问，参观了他过去的住地（本部大楼一楼西侧），并介绍了他当年饲养跳骚的情况。

1987年6月14日，原七三一部队特别班成员石桥直方和女儿来到七三一遗址，忏悔侵华战争的经历，提供了七三一部队"特别移送"的证据，并亲笔画了当时居住地、四方楼及特设监狱平面示意图。

1995年7月7日，原日军8372部队队员立石秀光先生到访七三一遗址，向韩晓馆长讲述了当年侵华罪行。

2007年11月25日，原七三一部队少年队员筱冢良雄在日本民间友好人士及日本佛教协会成员的陪同下，一行24人来到平房进行和平祭奠活动。9名日本佛教协会成员是筱冢良雄专门请来为死难者超度和祈祷的。同日，原少年队员筱冢良雄在七三一陈列馆内对当年曾使用过的罪证遗物细菌培养箱进行了现场演示说明，之后筱冢良雄来到被七三一部队残害致死的殉难者长廊前敬献了花圈和挽联。

除了这些七三一的原队员到平房谢罪，日本的许多社会团体和反战和平人士也不断地到平房来开展历史研究、捐赠善款、保护开发、倡导和平、祈祷亡灵等活动。

1986年12月28日，日本兵库县日中教育文化交流会访华团一行五人在团长穴由城一率领下，参观七三一遗址和罪证陈列馆，兵库县作家协会理事长国川喜祥在留言簿上写下"前事不忘"，陪同的市教委吴云泰先生写下"后事之师"。

1987年1月13日，日本女作家、妇女儿童问题评论家、日中和平友好会员林郁女士来平房考察七三一部队的罪行。

1993年8月25日，以森正孝为团长的"日本侵华实态考察团"再次来平房，与敬兰芝、潘洪生、方振宇、靖福和等七三一见证人座谈。

1995年2月20日，日本友好人士山边悠喜子女士来陈列馆，商谈七三一遗址保护，成立遗址保护基金会等问题。

2001年12月9日，日本ABC企画委员会山边悠喜子女士、三岛静夫一行四人来七三一遗址考察，并与平房区政府共同商讨成立七三一遗址保护开发基金会等问题。

2002年8月14日，日本立正佼成神户会一行58人来平房举行隆重的和平祈祷祭奠活动。

2006年6月7日，日本ABC企画委员会，七三一部队遗址登陆世界文化遗产委员会的矢口仁也、山边悠喜子、和田千代子等一行15人再次来访，与中方就七三一陈列馆未来规划、现状、遗址保护开发、申报世界文化遗产等情况进行了交流。

2009年9月16日，15年战争日本医学医疗研究会团长刘田啟史郎，事务局长西山胜夫，会员原文夫、莇昭三、西里扶甬子五人与原哈尔滨传染病院院长金东君及七三一细菌部队残害的受害人家属在七三一陈列馆进行了座谈，金成民馆长主持，冯平翻译。座谈过程中，15年战争日本医学医疗研究会会员分别就七三一相关问题向金馆长及被害人家属提问，并作友好的交流。

2011 年 9 月 23 日，28 位日本籍老战士访华团来访，这二十八位老战士曾是中国人民解放军和新四军的战士，参加过抗日战争和解放战争。

难怪森村诚一把平房印在了心里，这里确实成了促使日本人发誓不再犯战争罪恶的新圣地。为了反省罪恶，为了远离战争，为了祝愿和平，他们千里迢迢来到这里，来到这个曾经把他们制造成恶魔然后又去制造罪恶的地方。对于那场战争，这里是一个刻在大地上永远抹不掉的记忆；对于人类和平，这里是印在人们心里的说不尽道不完的长卷。

为了战争的记忆，为了和平的长卷，2011 年 7 月 9 日上午，在这和平的圣地上，发生了一件重大的事情。这一天是一个透明的大晴天，由日本民间友好人士和团体筹资建立的"谢罪与不战和平之碑"在七三一遗址揭幕，日本友人、中日专家学者和遇害者家属 80 多人参加了揭幕仪式。石碑上的碑文让所有人都为之感动。"731 部队的行为是世界史上闻所未闻的国家犯罪。我们代表加害国的民众，向中国被残杀的无辜民众和他们的家属真诚谢罪。"

在揭幕式上，正在从事申请七三一部队遗址为世界文化遗产的日本代表团成员田中宽先生接受记者采访时说："我第一次来七三一部队遗址是在 15 年前，在此之前多少了解一些七三一部队的罪行。但当我站在遗址前时，被侵华日军所犯的滔天罪行震惊。从那之后我加入了怀着中日友好愿望的人士组织的这一活动，希望能为保存遗址贡献微薄之力。通过大家的努力，终于等来了今天的揭幕仪式，我特别高兴，我认为这是富有重大意义的活动。以七三一为首的细菌作战部队所进行的人体实验和细菌战是严重违反国际法的战争行为。日本的有识之士从上世纪 80 年代开始对七三一部队进行调查研究，也调查了受害者的实际情况。90 年代末细菌战受害者在法庭上提出的控诉，证明了七三一部队以及其他生物战部队的犯罪事实。"

田中宽先生还总结了七三一部队遗址申报世界文化遗产的意义。首先，通过七三一部队的遗址保护与保存，是人类在重温历史的同时，不忘战争给人民带来的创伤，以此来阻止战争；其次，通过七三一部队细菌战的事实展示，了解战争的残酷性，提高和平理念；第三，通过七三一部队遗址保护运动，作为活历史教材，将日中和平的重要性世代相传。最后，让七三一部队遗址成为世界和平教育的基地。

　　森村诚一先生第一次踏上平房的土地，把这里定义为和平圣地。二十年过去了，在七三一遗址上矗立起"谢罪与不战和平之碑"，它虽然并不雄伟，但却是这圣地的标志。其实在这标志还没有建立之前，森村诚一先生早就发现，许多七三一老队员，虽然拒绝提供石井四郎下令封口的秘密，但只要一提起平房这个地名，他们就会百感交集地深陷痛苦之中。这些人嘴上不肯承认罪行，但这个新圣地早已在他们的心中落成。

三、揪住恶魔的尾巴

　　1981年12月2日上午，一架747大型喷气式客机从日本飞向美国，这是一架与众不同的飞机，因为与众不同的森村诚一就在这架飞机上，他正去做着一件与众不同的事情。经过一夜的航行，他虽然已经感到了睡眠不足，但激荡在心中的豪情却又让他无法入睡。他拉开机窗上的窗帘，视野里登时充满了一片淡红色的云海。在这片弥漫着粉红色的云海深处，可以看到刚刚升起的太阳透射出金色的光芒，新的一天的序幕就要拉开了，新的一天的故事也该上演了。

　　一想到就要上演的故事，他的心境就难以平静。浩瀚的云海仿佛已为自己覆盖不住无垠的空间而激怒，一股脑全部翻腾起来，形成了一股巨大的力量，战胜或制约着空间。那被瞬息万变的色彩辉映着的天空、云朵和海洋，伴随着脱出云海的太阳继续向高空升腾，飞机平稳地朝着旧金山方向飞去。伴随着接连不断地拉窗帘的声音，他计算着现在应该是当地的上午八点钟左右，约翰·威廉·鲍威尔先生该起床了吧？一想到这位素不相识的美国人他就激动起来，连服务员送来的早餐也吃不下去了。鲍威尔先生不久前在《原子科学家公报》上发表了一篇题为《一段被隐瞒的历史》的文章，其中根据美国公开的盟军最高司令部 GHQ 和生物战专家对石井四郎以及七三一部队相关人员的调查报告、机密电文，第一个揭开了日美之间关于细菌武器的秘密交易和美国替日本掩盖细菌战罪恶的事实。

鲍威尔与森村诚一一样与众不同。由于想见在美国和日本掀起七三一热浪的鲍威尔先生的急迫心情，森村诚一不禁胡思乱想起来。这位鲍威尔先生在中国生活了那么久，说不定是美籍中国人吧？也不知道他有多大年龄了，他为什么如此关心七三一的情况呢？为什么一下子就能发现与七三一有关的档案呢？对突如其来的日本人会是怎样的态度呢？对于七三一研究他会合作吗？

飞机在旧金山的上空开始下降，一直降落到旧金山的地面上。当飞机的抖动和轰鸣都停下来之后，森村诚一的心却轰鸣和抖动起来，为了追踪石井四郎和他的七三一部队的罪恶，终于踏上了这遥远的美洲大陆。在他按响了位于半山腰上那栋木结构小楼的门铃后，心中的不安就全部放下了。"见到您很高兴。"鲍威尔先生出门迎接他说的第一句话，就让他感到了加利福尼亚阳光的明媚。等进了客厅，鲍威尔把香气扑鼻的纯质黑咖啡双手端给他，他把《恶魔的饱食》第一集作为礼品送给鲍威尔时，他们就已经成为好朋友了。

"太谢谢您了，鲍威尔先生。我想就像您款待我的咖啡那样，来一个富有情趣的讨论吧。"

"是啊，从哪说起呢？七三一部队的事情实在是太多了，这个小小的咖啡杯子是装不下的。"

鲍威尔首先回答了森村诚一他与细菌战、七三一的不解之缘。他是1919 年出生于中国，父母都是美国人，由于父亲在上海创办了《中国评论》杂志，他成了杂志的记者步入新闻界。他对细菌战的强烈关注，缘于 1940 年 5 月日军在宁波进行的那场细菌战。那时他就住在宁波，亲眼目睹了细菌战使无数中国农民如蝼蚁般被杀害的惨景。紧接着，他的父亲因痛斥日军不宣而战，武力侵占上海，被指控为"污辱日本天皇"，在上海进了监狱。父亲受尽折磨，双腿截肢，陷入悲惨的境地。也就在那个时候，对日军无比愤恨和反感就深深地埋在了只有二十一岁的年轻人心里。战后，他虽然历尽磨难，遭遇迫害，但他不屈不挠，在中国实地考察，写出了《在朝鲜战争中进行细菌战是步七三一的后尘》的论文，并在美国国立档案馆的文山书海中发现了七三一部队的档案材料。这是他多年来，以记者和作家的可贵品格主张公开美国政府有关细菌战的档案材料和致力于发掘七三一秘密的成果。

鲍威尔从书房里取来一个厚厚的文件夹，抽出一份英文官方电报，是 1947 年 3 月 27 日华盛顿联合参谋本部发给麦克阿瑟司令官的。电报内容是对七三一部队长石井四郎是否可以引渡到苏联所作的判断。从电文中可以看出，在围绕着七三一部队首脑们的拘留问题，美苏之间发生了激烈的争端。一方面是，得知苏联想要审讯石井四郎等人的意向，美国政府力图采取措施独占与七三一相关的情报。另一方面，在预感到人身安全有危险的同时，石井四郎也察觉了美国想要独占已经到手的七三一情报，于是密谋了对 GHQ 盟军最高司令部的狡猾对策。

鲍威尔又拿出一份 1947 年 9 月 8 日的绝密电报，《苏联方面检察官对所指定的日本人的审讯》，就石井四郎军医中将等七三一干部的人身安全和搜集细菌战资料问题，向麦克阿瑟司令官下达了详细的指示：

一、对石井和其他日本人中的有关人员，在不作任何许诺的条件下，尽可能地继续搜集细菌战情报。

二、由此得到的情报，在实际上要按谍报网处理。并且，在东京国际军事法庭上，当如此做法不能奏效和石井等人的犯罪证据暴露之前，仍要将现在的搜集情报工作继续下去。

三、虽然对石井等人不作赦免战犯的许诺，但从美国自身的安全保障着眼，也不对石井及其同僚追究战争犯罪的责任。

鲍威尔把绝密电报递到森村诚一的手上说："这回您明白了吧？虽然不作出赦免战犯的许诺，但还必须继续搜集细菌战情报。美国的立场十分清楚，七三一部队的细菌战资料，在当时世界上是独一无二的。美国当局不想让任何国家得知这个秘密，连最友好的英国也不例外。他们把这些绝密材料秘密地封存起来，在华盛顿的哥伦比亚特区一个档案馆里，躲避着全世界的目光，沉寂了30多年啊。"

森村诚一从绝密电报中抬起头来，他的眼神里充满了激动的光亮。"尊敬的鲍威尔先生，是您把这段秘密隐瞒起来的历史公之于世。GHQ的档案材料，以无可辩驳的事实，直截了当地说明了七三一部队的战犯被赦免责任的经过。这就是说，美国政府不是考虑到石井四郎等人对自身性命的担心，而是从美国国家安全保障着眼，才对细菌战战犯实行了赦免。"

"您说对了。正是出于这样的目的，美国方面先后从底特里克细菌研究基地派遣细菌学专家墨瑞．桑德斯、阿尔沃．汤姆森，对日本军细菌战进行调查，形成了《桑德斯报告》和《汤姆森报告》。美军又派底特里克基地实验计划部主任诺伯特·费尔再赴日本调查，当面询问了石井四郎等20多人，在作出免除战争罪责的许诺之后，获得了大量细菌战材料。最后，底特里克技术局局长爱得温·希尔与日本细菌战犯会谈，获取了8000多张幻灯片，还有实验解剖报告。GHQ最终决定对石井四郎等细菌战犯免予起诉。午餐怎么办？现在已经是下午一点多钟了，我们到外面的西餐馆去吃好吗？"

森村诚一对鲍威尔的提醒不屑一顾。"不不不，我这还有一些问题，午餐一会再说吧。"

看到客人完全不顾他是不是已经饿了，鲍威尔耸耸肩一笑："那我们就继续谈吧。"

"费尔审讯过石井四郎，要是有当时的记录就好了。鲍威尔先生，您认为费尔审讯石井时会用什么语言呢？我想不会用日语，但用英语七三一的人根本不行，那是谁来担任翻译呢？"

"会是日本人吗？"

"可能是精通日语的美军文职人员，也可能起用日本人。"

"最有可能的是日侨。"

"是的，我也想到了这一点。鲍威尔先生，能不能把在GHQ和七三一之间当翻译的日侨找出来呢？"

"在石井和GHQ中间当翻译的人，当时就算是三十岁，现在也该有六十多岁了吧，况且名字和住处都一无所知。"

"让我来试试吧。美国的面积大，而日本的面积小，把战后在 GHQ 工作过的日本人挨个查一查，说不定就能把这个人给找出来。"

为了查找旧金山市内日侨的线索，他告别了鲍威尔，腾空而起飞往芝加哥，又从大厦林立的芝加哥飞往底特律、纽约，还查访了联合国总部事务局。许多日侨不断地给他介绍情况，他就一个一个地去找，像传递接力棒一样。这就是森村诚一，因为他与众不同。由于他的活动范围越来越大，在日侨中口耳相传，许多人都被他的执着所感动，不断有人把从芝加哥、洛杉矶、伍斯特、波士顿、哈特福顿打听到的消息挂长途告诉他。

在一个风雪交加的晚上，当他沮丧地回到纽约市列新顿大街旅馆时，来自芝加哥日侨的一个电话让他几乎蹦了起来。"住在纽约州伦哥爱尔兰 N 街的 U.U 先生就是您要找的人。"

在马基逊大街的一家饭店里，森村诚一终于见到了 U.U 先生。

"我确实曾给石井四郎和美军军官的谈话做过翻译，时间应该是 1946 年的夏天。我记得他是一个高个子，大胡子，好像正在生病似的。审讯是在东京丸内邮船大厦的一个房间里进行的。当时下着雨，石井的脸色很难看。他恳求说，'天气有些冷，请允许我戴着围巾行吗？'他谦卑的样子，很难想象得出这就是曾经的军医中将石井四郎。他一再向审问官解释说，'我在满洲研究细菌武器的事，全都在提交给你们的报告中写清楚了。'经过反复的问话，石井最后垂下头，他承认了日军所以重视细菌战，都是由于他的作用和影响。但他仍然喋喋不休地辩称，日军研究细菌战，是为了在敌人的细菌战进攻面前具有切实可靠的防御能力才进行了攻击性细菌武器研究的。他甚至还说，研究攻击性细菌战，是由于对苏联在细菌战领域中的活动和意图深感不安，是针对中国、满洲作战区域内赤色分子的细菌战破坏活动所采取的防御性手段。研究进攻性细菌战武器并非日本军的本来目的，连想都没想过要首先进行细菌战争。七三一部队的创建，是为了保卫日本免受敌方的细菌战攻击。这就是日本军致力于细菌战的主要理由。"

　　森村诚一记下这段话抬起头来，轻轻地转动手中的笔。这个石井四郎真是一只狡猾的狐狸。他的这段供述暗藏两个玄机。一个是他巧妙地利用美苏之间围绕七三一细菌战情报而展开的激烈角逐，强调七三一部队一直是以苏联为假象敌，想借此说明自己一贯的反苏立场来博得 GHQ 当局的好感。另一个是企图用细菌战研究以防御为目的来掩盖战争犯罪的事实。

　　"为了推卸战争责任，以自卫武器为目的进行新武器研究之类的说法，是军人们一贯玩弄的鬼把戏。" U.U 先生说这话时不屑地笑了笑。

　　"是啊，在历史上，由自卫的军备转入侵略的事例举不胜举，几乎所有的侵略战争都是那些战争狂人在保卫祖国的名义下进行的。"

　　森村诚一说完这句话陷入了沉思，U.U 先生窥见了他沉得深远思得痛苦之所在，就轻轻地点破了。"您是不是在回想石井四郎？"

　　"你我一定是想到了一处。石井四郎在从平房溃逃的时候，曾向全体队员下达死令，全体队员把参加七三一部队的从军经历隐瞒到底，要把这秘密中的秘密带到坟墓里去，谁要是胆敢泄露秘密，就是跑到天涯海角，我石井四郎也要把他揪出来。可就是这样一个战争狂人，在撤退之前甚至险些下达了七三一部队全体队员集体自杀命令的疯子军医中将，为了保全性命，求得苟延残生，不惜在 GHQ 这昔日的敌人面前，卑躬屈膝，百依百顺，如同效力之犬马，这副丑恶的嘴脸永远都无法从我的头脑中清除掉。"

　　为了寻找石井四郎的审讯记录，根据 U.U 先生的指点，森村诚一踏破纽约的漫天大雪，马不停蹄地赶到位于华盛顿市郊的美国陆军传染病研究所。在这里他不但见到了基地的宣传部长诺曼·M·卡巴特，而且出乎预料地获得了从 001 号到 009 号的 9 册秘密供词记录。1982 年，经过日本作家协会的努力协调，他又成功地实现了中国之旅，在九一八事变这个特殊的日子里访问了哈尔滨市平房区，这是他早就企盼的特殊的地方，也是在他的心目中有着特殊位置的和平圣地。正是在这罪恶的七三一大本营遗址上，他见到了中国的七三一专家韩晓，至此，他胜利地完成了揪住石井四郎尾巴的战斗，把石井四郎发誓要带到坟墓里的秘密中的秘密公布于天下。

四、高举人性的旗帜

哈尔滨郊外二十公里。

旷野里的平房地区有一处六平方公里的人间地狱，

七三一部队，你们到底做了什么？

日本人啊，今天应该扪心自问了！

这是在日本神户，混声合唱组曲《恶魔的饱食》正在排练，指挥是日本著名的作曲家池边晋一郎，在他一旁的是编导持永佰子，还有森村诚一。激扬的音乐声中，森村诚一非同一般、不比往常地站在大厅里，坚定如中流砥柱。排练正常进行，可人们忍不住走神，总是不安地往森村诚一那边瞥几眼。森村诚一用淡定的脸色告诉大家，集中精力用心排练。这时，他发表的《恶魔的饱食》已经震动了全日本，自然也震动了右翼势力，右翼团体和极端的右翼分子开始对他进行政治攻击和人身威胁。他的住所不断遭到围攻骚扰，以致惊动了大批警察来保护他的安全。他也不断地接到威胁、恐吓的电话和信件，甚至收到了寄给他的子弹。今天，他就是力排众议坚持到现场指导排练，不过为了安全，他还是无奈地穿上了防弹衣。毕竟，要想把《恶魔的饱食》传向全日本、传向全亚洲、传向全世界，他首先得活着走出神户。

混声合唱组曲《恶魔的饱食》由森村诚一作词，作曲池边晋一郎和导演持永佰子都是著名的艺术家，所有合唱队员都是志愿者，他们常年在日本巡回演出，1998 年和 2005 年，森村诚一率队访问中国，在哈尔滨和南京把和平的歌声唱给中国人民。

"当我们用音乐来纪念他们，用音符来表达人类的共同愿望时，我们仿佛听到冤死的灵魂所在的七三一遗址上的青草在簌簌生长，发出庄严而又使人慰藉的和声，这种简单而使人安慰的和平之声仿佛愈来愈大，更加庄严肃穆，把一切纷乱的枪炮声、一切邪恶的阴霾淹没下去。"这是混声合唱组曲《恶魔的饱食》为纪念二战胜利 60 周年第二回中国巡演时，七三一第四任馆长王鹏在哈尔滨北方剧场致辞中的一段话。我读到它的时候正是沉沉深夜，我不知从何时起敬畏寂静，因为寂静令我脆弱，我也不知从何时起喜欢寂静，因为寂静让我充满人情。我此时的泪水，一半因为王鹏的感情，一半因为深夜的寂静。

森村诚一1982年来，韩晓叔叔没有告诉我，23年后森村诚一再来，王鹏馆长也没有告诉我，这不怨他们，是那时我离七三一很远。不过今夜却不同。就在今天的上午，金成民老师跟我谈起如何宣传七三一申遗的工作时，告诉我一个消息，森村诚一先生有可能再来中国，有可能来参加二战胜利70周年的纪念活动。这个消息让我无法安静，搅得这个寂静的夜晚也不再寂静。我有许多问题要向他请教，于是我顺手拉出一个长长的采访提纲，可回过头一看，我列举的所有问题，在森村诚一先生《恶魔的饱食》和其他的文章中都有详尽的答案，我只要一闭上眼睛，就能看见他清癯的脸庞和睿智的眼睛。

"尊敬的森村诚一先生，作为日本的大作家，能在自己国家的土地上和人民中间写出《恶魔的饱食》，这让每一个读到这本书的人都会感到震撼，因为您是在揭开自己祖国的伤疤。"

撰写《恶魔的饱食》的精神支柱是憎恨军国主义，以及为维护和平和民主主义事业添砖加瓦的愿望，也可以说是一种哀愿。从这一点来说，和左、右政治势力是没有关系的。发动战争是日本民族在军国主义肆虐情况下所犯的罪行，必须由全体日本人来承担这种痛苦，这是推脱不了的。若诚心诚意地承受这种痛苦，就必须将这种痛苦作为日本人的债务而承担起来，并做出反省，以免重蹈覆辙。采访写作《恶魔的饱食》的目的，并不是追究个人的责任，但是，这并不妨碍对犯下的罪行进行反省。写这本书是为了促使人们反省罪行，相反，如果导致缩小七三一部队的罪行，甚至隐瞒、搪塞其罪行的话，那么，我们就有必要重新考虑一下日本人把个人责任掩埋在集体之中的意识结构了。支撑我们完成《恶魔的饱食》一书的，是死难者的遗恨和'绝不能重演恶魔的饱食'的理念。"

"战争是日本军国主义的决策高层发动的，但您一直强调全日本国民的责任，这怎么能分得清呢？"

"关于战争，所有的日本人都是同案犯。虽说是在一部分军部领导人的诱导下，但是，日本人有一种'以天皇为首的大村落共同体成员'意识，还有一种大和民族乃'世界之冠'的强烈的民族主义思想。高层决策者正是利用这一点，驱使全体人民疯狂地参加了战争。这就是'八纮一宇'（囊括天下为一家）的思想。这种思想，后来扩大为以日本为家长的大东亚共荣圈的思想。对此，日本军队的走狗宣传媒体，则大肆进行吹捧。从某种意义上来说，日本存在着一种容易被独裁者利用的国民秉性。为了国家这句话成了免罪符。在战后的今天，它又抬起了头，这种免罪符仍能保持其很好的有效性。这不正是日本本质危险之所在吗？"

"那么请问森村诚一先生，怎样才能让人民认识到这种危险，抵制这种危险，防止军国主义的势力再度抬头、扩张，再度挑起战争呢？"

"我并不是把七三一部队的所作所为仅仅当作日军的一支部队的战争记录来追溯的，而是将七三一部队作为战争罪恶的一个象征来捕捉的，并且想通过这些对战争和军国主义的恶魔结构进行一次解剖的尝试。在'为了国家'的背后，附属于比个人更大的团体或组织，通过发誓来效忠于他们，从而得到团体的庇护，并将团体的权威和声誉视为己有，进而，在团体的名义下犯下的罪行，则作为团体的责任而被分散和掩盖，从而个人也就得以免除罪责。"

"个人多半是出于对团体的忠诚或使命感而犯下罪行的。但是，利用团体作为个人责任的'蔽护伞'的情况也是屡见不鲜。就七三一部队而言，在'为了国家'、'为了医学的进步'的'免罪符'和天皇锦旗之下，难道医学者们没有追求个人功名的野心吗？以活人为材料进行众多的实验，难道真的只是在'集体疯狂'下完成的吗？这里就没有个人的精密打算和作为医学者旺盛的求知欲望吗？这不是在'为了国家'掩盖下的'为了自己'又是什么呢？之所以这样说，证据就是在战后某些人把七三一部队在'为了国家'的名义下搞出的研究成果窃为私有。"

"若说是由于日本人的血液和秉性所产生的内在的疯狂导致日本人的战争罪行的话，那么，见过七三一部队的高级队员之后，总会感到在他们身上的某一部分似乎还存在着某种不同的因素，这又说明了什么？在这里难道不正是潜藏着七三一部队的恶魔性吗？"

"他们绝不是为了日本这个集团而犯下了罪行，其实是利用集团的名义强烈追求私欲而发动了战争。正是因为具有强烈的个人欲望，所以对自己不利的证词就断然否认，或保持沉默，将其罪行缩小，甚至掩盖起来，丝毫没有反省之意。"

"不仅是七三一部队，而且当时所有的日本人都高举着'为了国家'这面锦旗，究竟是为什么呢？无数的士兵在战场上临死时，不喊母亲的名字，却高喊'天皇陛下万岁！'。在日本漫长的历史中，在日本人的意识里，天皇不仅高于骨肉亲情之上，而且是日本国民价值体系中至高无上的象征。"

"这就是日本军国主义的特殊结构。他与德国纳粹党或意大利的法西斯不同，日本军部领导人不是依靠独裁者的才能和魅力来统一舆论、掌握政权的，而是利用日本人对天皇的忠诚和尊重来实现的。"

"虽然太平洋战争的宝贵经验和牺牲使我们争取到了自由和民主，但是，我们不应忘记：'个体'的历史短浅，愿意从属于统一行动，从属集体，并为其献身的日本人的这种秉性，是容易被法西斯主义所利用的。"

"战争的惨痛教训唤醒我们争取自由和民主。我们不应忘却，我们是愿意从属集团、愿意为集团献身的日本人，我们身上存在着容易被法西斯主义俘虏的因素。"

"您认为日本人民对那场战争，最应该记住的教训是什么？"

在回答这个问题时森村诚一提高了声音。"日本人决不该忘记，日本现在享受的和平、民主与繁荣，是以太平洋战争的重大牺牲为代价的。"

"您为了写《恶魔的饱食》费尽艰辛，还受到右翼势力的围攻和威胁，甚至冒着生命危险出席《恶魔的饱食》合唱团的演出，您作为作家，可以继续写推理小说，为什么要去做这样风险的事情呢？"

"当一个作家应当关注社会问题，以反省历史来揭露社会弊端，追求人生的真谛，这才是我写作的目的，是我生存的意义。当一个只知版税和稿酬的作家，我是无法容忍的。战争本来就是一桩残酷的勾当，对于那些在战争中甚至连已被禁止的，非人道的细菌战都干过的人们来说，此后的人生自然是一段痛苦的历程。但是历史上留下这一段空白是不行的，因此不能不把他们的这段真实经历记录下来。"

"中日关系是一个历史问题，也是一个现实问题，这其中的问题很复杂，对于中国人民，您有什么话要说吗？"

在回答这个问题时，森村诚一和蔼的脸上又多了一些诚恳的气色。"有人认为中日关系后退了，是因为日本对历史认识不足引起的，我认为问题不是这么简单的，其中有双方互相抱有的复杂感情在里面。如果两国人民的心理之间有了一条鸿沟的话，那么我们到底能用什么才能填补呢？伙伴和友人也会有合不来的时候，而敌人之间也会有意气相投的人。从国家关系这个角度来说，和伙伴、友人又有不同，还有一种国家利益和民族感情在内，因此互相对对方国家喜欢与否，会影响到两国关系的稳定。现在，日中两国人民中，有人喜欢吃中国菜，有人喜欢听日本歌，有人喜欢两国文化，还有的年轻人互相恋爱，两国国民互相旅游往来。无论什么样的交流方式，都是必不可少的。即使是两国人民感情上出现鸿沟时，仅用讲大道理方式互相攻击对方是解决不了问题的。"

寂静中我好像从梦中醒来，我无法形容这幻境中与森村诚一相见是多么神奇，简直就是两个人真的在一起促膝交谈。森村诚一先生对战争充满人性思想的解读，让纷繁复杂的问题简单了许多。

我推开键盘，用风湿疼痛的手拉开哆哆嗦嗦的窗帘，我的心一下子照亮了大地，原来太阳已经升起来了。我向天空望去，只见森村诚一充满人性思想的旗帜，在战争与和平共舞的天空不停地飘扬。

第四篇
七三一研究中国第一人

一、搜索散落的罪证

　　一列火车在夜幕中轰隆隆地开往北京，硬座车厢里的乘客睡得东倒西歪。有一个靠车窗的中年人却毫无困顿，他坐在那里吸烟，一双正在思索的眼睛望着窗外的茫茫夜色，一身灰色的中山装透出些许的书卷气。他就是韩晓，侵华日军七三一部队罪证陈列馆首任馆长，跟他同行的三个同志正歪在座位上艰难地睡着，可他却在想着一肚子的心事。他不光是出差乘车睡不着，就是平时在家里他在睡前也要瞪着眼睛想一会心里的事情，因为他的心里总是装着一件装不下的大事，那就是"七三一"。他们一行四人赴京也是为了"七三一"，为了征集有关七三一的文物。他们要去国家第一档案馆，那里收藏着 50 年代中国沈阳军事法庭对监押在抚顺战犯管理所的日本宪兵、细菌战犯的审讯卷宗。他们还得去中国医学科学院微生物学流行病学研究所，那里保存着 50 年代举办日、美军细菌战展览的罪证实物。这些历史资料和罪证实物具有很高的陈列和研究价值，要是把它们弄到手里，七三一陈列馆的档次可就提高了一大截啊，一想到这，他怎么还能睡得着啊。

　　其实韩晓手里已经攥着七三一的大量罪证资料和实物，每一件证据他都视若珍宝，因为里面浸着他的心血和汗水。他后来时常感慨，我这辈子是先住进了七三一，后来才走进了七三一，但没想到越走越远，越走越深，整整走了一辈子。

　　1948 年的 6 月，东北军区军工部的三辆卡车开进了平房，一行人安营扎寨，勘探测绘，当时虽然解放战争还没有结束，新中国的航空工业基地却已经在这里开工建设。韩晓说的住进七三一是 1953 年的事，那时国营 122 厂到农村招工，他从林口县老家那个小山村来到平房，成了第一代飞机制造厂的工人。他住的职工宿舍 209 楼，就是当年日军七三一部队的尉官宿舍，那年他才十六岁。那时的平房虽然到处是残垣断壁，到处是战争留下的痕迹，在少年韩晓的眼里却到处都是一段未知的历史。他有时细细观察宿舍那抹斜的窗口和宽大的木头窗台，抬头仰望高大残缺的烟囱，萌生了要去探寻那段未知历史的极大兴趣。闲暇的时候，他经常能碰见到七三一遗址捡洋落的农民，经常能听见他们讲些七三一的事情。他发现，原来这里遍地都是故事。他是一个喜欢收集故事、写出故事的人，所以他在装配车间没干上几年，就被调到工厂办的《前进报》当了记者。以前对七三一的事只是留意听，可当上了记者就不一样了，他开始主动去打听，还把听来的故事记下来，时间长了竟记满十几个笔记本。他不但收集故事，还无数次地踏查七三一的遗址，哪里是四方楼，哪里是焚尸炉，哪里是东乡村，哪里是动力班，他都一清二楚。正是他的心里积攒的材料多了，他对日军七三一部队在侵华战争中所犯下的罪恶也越来越清晰，早在上个世纪六十年代，他就已经在《中国新闻》、《人民中国》和《哈尔滨师范学院学报》上发表研究七三一的文章了。那时的中国还没有人写出这样的文章来，到了1982年日本作家森村诚一来访考察七三一遗址，偌大个平房区政府，因为只有他能说清楚七三一而成了负责接待任务的唯一人选。他凭着记忆对遗址原貌的讲解，和森村诚一带来的"要图"互为印证，使当年七三一部队所有建筑和设施得以复原，为遗址保护开发奠定了基础。

韩晓研究七三一最早是从寻找鼠疫受害人开始的，为了这他走遍了周围的村村屯屯、沟沟坎坎、家家户户。开始是出于喜欢写作的兴趣，可他刚一碰七三一的历史就被震惊了。光复的第二年，风调雨顺，庄稼的长势看好，享受着和平生活的平房地区的农民们，正满心欢喜地盼着有个好收成。就在这个时候灾难无声无息地从天而降，后二道沟、义发源和东井子几个屯子，暴发了从前听都没听说过的"窝子病"。所说的"窝子病"就是瘟疫病蔓延，一人得病全家遭殃。年轻的村民靖如先，本来是去帮着别人家办丧事，可回到家里大腿根起了两个大包，头晕发烧，没过两天就死了。他这一死不要紧，紧跟着全家老老小小都发起病来，一个19口人的大家庭，被瘟疫的洪水卷走了12口。东井子屯李海新一家4口，老婆和两个孩子瘟疫一来就都染病死了。李玉恒家有12口人，7天之内就没了6口。义发源屯的妇女刘佟氏刚刚30岁，晚上突然发病，折腾到半夜就咽了气。她的丈夫刘相坤还没来得及料理妻子的后事，也被瘟疫击倒撒手人寰，一家人只剩下不满一岁的刘忠跟年迈的老奶奶。

真是呼天天不应，叫地地不灵。一时间，在这三个屯子里，天天有人死，家家闻噭晦。许多年以后，幸存的人们回忆当时凄惨的情景，还忍不住揪心地痛。在那个已经享受了和平的夏天，义发源、后二道沟、东井子三个屯，在瘟疫席卷过后，总共死亡 109 人。

这次疫情暴发必是七三一部队埋下的祸根。年轻的韩晓做出了这样的判断。

韩晓虽然年轻气盛，但他话语不多，声音不高，写作从不凭空猜测，他要为自己的判断找出证据。据档案材料记载，鼠疫暴发的当时鼠疫研究专家就认为，平房地区不是鼠疫自然源地，在日军七三一部队侵占之前从未发生过鼠疫。这次鼠疫的发生，很可能跟人为的疫源有关，专家们立即对疫源展开了调查。日本投降后不久，在平房附近的村屯里，黄鼠、灰白鼠突然间多了起来，把黄豆地里的豆荚全都啃光了。还有一个奇怪的现象，就是发现了大量在中国东北从来没有见到过的白鼠。据动物学家鉴定，这种白鼠是实验用的动物。不少在七三一部队当过劳工的人，一眼就看出这正是"石井班"大量饲养过的那种白鼠，这种白鼠是从日本运来的。在发现老鼠增多的同时，跳蚤也异常地增多。

郑喜祥、陈方东等人都曾经在七三一部队当过劳工，他们说，这些老鼠和跳蚤是七三一部队在逃跑前有意放出来的。

1945 年 8 月 12 日早晨，苏联红军已经逼近哈尔滨，七三一部队的大逃亡开始了，营区内乱成了一锅粥，动物饲养班长石井三男领着几个队员在动物舍前团团转，他们声嘶力竭地喊叫中国劳工集合。当时，大部分劳工都逃跑了，只有少数劳工被聚集起来。这些人在石井三男的指挥下，开始往动物舍浇汽油，然后放起大火。各种动物在大火中拼命逃窜。劳工张文俊看见各种老鼠都从动物舍中跑出来，还有成堆的跳蚤从打开盖的瓷罐里往外蹦。劳工们怕被跳蚤叮咬，也都躲得远远的不敢靠前。

七三一部队制造的这场灾难不仅仅局限在平房地区，而是从这里蔓延辐射形成了一个哈尔滨疫区。根据历史资料记载，在此之前，哈尔滨虽有过鼠疫流行，但都是外地传入的，属于输入性的流行。而在日本投降前夕，七三一部队把大批染有病毒的老鼠、跳蚤四处扩散，污染了平房地区的环境，最终使鼠疫疫源固定下来，并不断引起人间鼠疫的发生和流行，形成了哈尔滨疫区。在1946年至1954年间，哈尔滨疫区共发生鼠疫6次，患者200多人，死亡100多人。其中只有两次是外地传入，发病数十人。

韩晓并不满足于在平房获得的证据，他还查阅相关档案和当年的报纸，搜索到更多的七三一部队研究细菌战的罪证。

七三一部队和它所属的一〇〇部队在安达市建立了特别实验场，在那里用各种方式进行各种细菌和细菌武器的实验，致使在鞠家窑一带居住的不少中国老百姓患上了脓肿，解放后经检查才知道是感染上了炭疽菌。七三一部队在溃逃时烧毁了实验场的全部建筑，却留下了28匹马和50头牛。附近的农民毫无提防，就把这些牛马牵回去使用，结果在很短的时间内全都病死了，而且还传染了大批牲畜，使这一地区连续几年都发生大面积的牛瘟。人们还发现废墟中留有大约10万斤大麦饲料和新鲜猪肉，有人提醒说，鬼子不会发善心给我们留下吃的，所以对这些东西没人敢轻举妄动，而是让狗先吃猪肉，结果狗被毒死了。

在乌兰浩特的王爷庙地区，也发生过同样的灾难。日军在逃跑之前，在他们所控制的兴安医院，把鼠疫菌撒在白面和大米等食物上面，有的中国人误食了这些食物而患病，并且爆发了持续一年多的鼠疫。当地人杨春的老婆得上了传染病，开始就发烧，大腿根凸起一个像鸡蛋一样红色的疙瘩，后来昏迷不醒，第二天晚上就死了，那年她才24岁。当时的医疗部门把这种病确诊为"百斯笃病"。还有一户蒙族人家，在第二年也得上这种"百斯笃病"，一大家子先后死了13口，最小的仅10岁。他们有的在炕上，有的爬到了炕沿，有的在地上，死的到处都是，悲惨的场面无人能看得下去。在王爷庙的东街，是疫区的中心，有的一家仅剩下几口人，有不少全家都死光了。

为了控制鼠疫蔓延，当地民主政府成立了防疫医疗队，苏联红军成立了防疫司令部，由一名中校军医负责，全力支援中方的防疫行动。苏联红军为防疫队员配备了防疫服、防毒面具，一面把鼠疫患者隔离治疗，一面在疫区进行消毒，终于斩断了鼠疫继续蔓延的魔爪。

1950 年 2 月 9 日的《东北日报》刊登了东北人民政府卫生防疫队队长张杰范的回忆。由于日本进行细菌战，大量撒放带菌的老鼠、跳蚤，1946 年和 1947 年的两年内，在哈尔滨、长春、通辽、乾安、扶余、热河等地区，猖獗的鼠疫同时暴发。1947 年东北的鼠疫患者达到了 3 万多人，仅通辽一地就死亡 1200 余人。热河、乾安、扶余等疫区各死亡了 1000 余人。

华中地区也遭受了七三一部队等日军细菌部队的遗害。据新华社报道，1941 年 4 月和以后的 1946 年、1947 年，衢州地区曾三度遭受鼠疫的侵袭，被鼠疫传染而死亡了 201 人。

夜更深了，车厢里更静了，车轮有节奏地咣当声也更响了，这是一种惹人心烦的声音，而此刻在韩晓听来却如同催人奋进的战鼓。想想已经快到了知天命之年，对家门口的七三一，从好奇到关注，从一般的新闻写作到从事专业研究，一晃快二十年了，但他的心里清楚，七三一研究还刚刚起步。两年前他代表政府接待日本作家森村诚一，一连两天的交流，他被深深地触动了。虽然面对森村诚一高山仰止，但他拥有的大量的、丰富的、细致的、确凿的历史资料，让韩晓心悦诚服。特别是读了《恶魔的饱食》，更是心惊肉跳，原来中国作为受害国，七三一研究已经落在了加害国日本的后面，这是不能容忍的事情。尽管可以找出许多历史的和现实的足以掩饰这种落后的托辞，但韩晓不能用这种托辞去推卸责任，他从此暗暗跟自己发狠，一定要把七三一研究搞上去，一定要赶上日本，一定要把七三一研究成果推向国际，为全世界的和平事业投上中国的一票。这次的北京之行对七三一来说事关重大，现在缺的就是物证，而这次去征集的就是千金难求的物证。到底这物证能有多少，能有多大的价值，心里一点底也没有，可越是没底抱回个金娃娃的愿望越强烈，再加上车轮这么一咣当，他咋能睡得着觉啊。

他又抽出一支烟点着，刚吸了一口，就听见邻座的一位女士咳嗽起来，他的耳畔突然传来老伴的抱怨声："你不能少抽点吗，这谁能受得了？"他赶紧把烟掐了，偷偷瞥了一眼，看那女士没再咳嗽才觉得心安。火车的车轮还在咣当咣当地响着它刻板的节奏，直到天亮才被嘈杂的人声淹没。

二、实证专家

为了省钱，那些宾馆大厦韩晓连看都没敢看，从北京火车站出来，他就把大家领到了天桥附近，找了一家小旅馆住下来。这里虽然有些狭窄、杂乱，卫生条件也不太好，但韩晓的心却放下了。四个大活人只有1000块钱的差旅费，上哪去找这么便宜的旅馆啊。匆匆对付了一顿早餐，一行人就急急赶往中央档案馆。

在接待室，介绍信一递上去就卡住了。中央档案馆有明确的规定，凡查阅档案必须得有省一级的介绍信，他们拿的七三一陈列馆的介绍信，差了好几个档次，根本不符合人家的要求。正在交涉之间，一位温文尔雅的中年女性进来问，你们要查什么档案？韩晓赶紧上前把要查阅日本宪兵、细菌战犯审讯材料和筹建七三一陈列馆的事来个竹筒倒豆子。对方一听笑了起来："来的早不如来的巧，我们现在正跟国家第二档案馆、吉林社会科学院合编一部日军侵华历史档案资料，其中准备把日军细菌战、毒气战的资料单独编一册，如果你们七三一陈列馆也能加入进来，咱们就四家合作怎么样？"韩晓他们没想到大老难的事情就这么顺利地解决了。一打听，来人是谢玉叶处长，就乐颠颠地跟着她去见了吉林的谢学诗研究员，合作编写日军侵华历史档案资料的事情一拍即合，查阅档案已经不算事了。

就这样，他们在中央档案馆复印了日本细菌战犯的供词20多份，共计300多页。谢玉叶处长把一部分照片和底片交给韩晓，告诉他这是解放时在北支甲第1855部队缴获的，因为一直没有搞清它的来龙去脉，所以就没有正式存档，希望他带回去进一步研究，附上说明，所有的照片和底片都可以复制一套留下。他数了数，整整是288张照片和139张底片。他纸包纸裹地收好，如获至宝。在后来出版的图片集中使用的照片，许多都是经他考察分析推断得出历史背景和具体的罪恶活动。在合作出版《细菌战、毒气战》一书时，他把根据森村诚一先生提供的"要图"，经过考证修改的七三一部队建筑物分布图和建筑物照片提供给了谢玉叶处长。但是他却没有把对遗址特定编号的用意解释清楚，致使此书在出版时串动了编号，误导了读者和研究人员。这是韩晓一生研究七三一留下的一个遗憾，也是一个教训。也正是在这次失误之后，他一生再也没有发生过失误，渐渐成为国内研究七三一的著名实证专家。

他的实证专家之路，就是从中央档案馆和国家第二档案馆及吉林社科院获得的这批档案资料起步的。他在日后的研究中发现，七三一部队把活人用作实验的材料，是关东军司令植田谦吉、参谋长东条英机、关东宪兵队司令田中静一、警务部长梶荣次郎、七三一部队长石井四郎等人秘密策划的屠杀计划。为此，关东军司令官发布了"特别移送处理"的密令，于是宪兵队和伪满警察署把认定为重犯的被捕者，不须提交法庭审判，直接由宪兵队"特别移送"给七三一部队，当作细菌实验材料而害死。

"特别移送"成了这一罪恶活动的专用名词，关东军也利用这个名词把石井四郎称之为"秘密中的秘密"给掩盖起来。这是一座神秘的冰山，却生生地被普普通通的韩晓给撕开了一角。他并不满足沈阳军事法庭的审讯材料，他还查阅了东京审判的材料，踏访了黑龙江省公安厅、哈尔滨市公安局、牡丹江市公安局、长春市公安局以及全国各地的日本宪兵和日本特务机关的档案，共发现了134起"特别移送"的案例，被送往七三一部队的有中国人、苏联人和蒙古人总共1203人，其中包括共产国际情报工作者、抗日地下工作者、中共地下党员、战俘和普通百姓。

由于关东军为"特别移送"制定了严格的保密措施，在"特别监狱"里，所有被关押的人都被抹掉了姓名，他们的身份被号码所代替，他们死后被焚尸，在这个世界上彻底地消失了。可韩晓不信这个邪，他不信石井四郎真的能把七三一的秘密带进坟墓，他不信这些滔天的罪恶会没有一点一丝的痕迹。他通过查阅档案资料，访问当事人、知情人，愣是拨开历史的重重迷雾，确定了59个被害人的姓名，还原了许多历史事件的真相。

牡丹江事件就是一起典型的"特别移送"案例。在审判材料中记载了1941年牡丹江宪兵队破获东北国际情报组的事件，铁路员工孙朝山、修理工朱志猛、木匠吴定兴都是这个情报组的情报员，他们被宪兵抓获后被"特别移送"给七三一部队杀害了。这一事件虽然有审讯材料和苏军缴获的日本宪兵队文件证实，但韩晓还是不敢在他的著作中下笔，他不能再次出现闪失，他要做一步一个脚印的、不出一点一丝差错的实证专家。他费尽周折找到了国家工业部自动化研究所的离休干部庄克仁。他是当时东北国际情报组的负责人，是牡丹江被捕的情报员的上级，是这一事件最直接的知情人。庄克仁看过《审判材料》说，这上面提到的孙朝山的名字是对的，而朱志猛和吴定兴的名字都错了，实际上他们一个叫朱之盈、一个叫吴殿兴。经过仔细回忆，庄克仁还提出另有两个人去向不明，他们是张惠忠和敬恩瑞。庄克仁的话让韩晓心中忽悠一下子，多亏了进行实际求证，如果照搬档案材料，不但会出现失误，还会出现整个事件叙述不清楚和不完整的尴尬情境。根据庄克仁提供的线索，韩晓在锦州市找到了张惠忠的妻子龙桂洁，回到哈尔滨又找到了朱之盈的妻子敬兰芝，她也是敬恩瑞的侄女，她还有一个弟弟叫敬锡成，这些人都是"牡丹江事件"的知情人和见证人。韩晓终于成竹在胸了。

第二次世界大战爆发后，已经退居天津的东北国际情报组，根据形势的需要又重返东北，在牡丹江和沈阳建立了地下国际情报站，他们直接与伯力的国际情报组织通讯联络，秘密开展对日情报行动。1941年夏季，潜伏在沈阳的庄克仁很长时间没有收到牡丹江秘密电台的呼号，长期地下工作养成的敏感和经验告诉他，牡丹江站可能出了问题。果然不出庄克仁所料，牡丹江站遭到了牡丹江宪兵队的彻底破坏。

7月16日天刚刚放亮，张惠忠完成了收发报的工作正要休息，发现住处已被日本宪兵和便衣特务团团包围。张惠忠急忙跳窗而走，但未能逃脱又被抓回，电台也被宪兵缴获。就在张惠忠被捕的同时，朱之盈、孙朝山、敬兰芝也先后落入宪兵队之手。情报站成员吴殿兴得到组织已遭破坏的消息，连夜从牡丹江乘火车转移到哈尔滨，住在道外七道街的敬恩德家，没想到日本宪兵跟踪而来，也被抓住押回牡丹江宪兵队。

牡丹江宪兵队对抓获的人员进行了多次审讯，龙桂洁、敬兰芝一口咬定自己是家庭妇女，什么情况也不知道，被宪兵队释放，其余的人都被押解到哈尔滨宪兵队，从此虽经多方打探，再无音讯。直到1950年，苏联公布了对日本细菌战犯的审判材料，在这批材料里留下了朱之盈、孙朝山、吴殿兴等人被"特别移送"到七三一部队秘密杀害了。张惠忠是中共党员，又是牡丹江地下情报站的负责人，从他被捕的那天起，日本人就把他当成首犯进行审讯，但在审判材料里却找不到张惠忠被"特别移送"的踪迹。韩晓就像勘探矿藏的工程师一样漫山遍野地搜寻，终于在黑龙江省公安厅的档案里挖出了一个案例，它的出现使牡丹江事件有了完整的来龙去脉。1942年夏天，牡丹江宪兵队在五河林镇逮捕了一名与张文善有联系的人。根据都筑敦中佐的命令，将该人"特别移送"给石井部队了。韩晓一眼就看出，这个张文善就是张惠忠，张文善是他在执行任务时使用的化名，而那个与他有联系的人就是敬恩瑞。敬恩瑞是在牡丹江事件发生之后，逃到了宁安县的那个小镇，第二年不慎暴露身份而被捕。至于《审判材料》里为什么没有提到张文善和敬恩瑞的名字，那是因为审判只是为了举例说明"特别移送"的，不可能也没有必要把牡丹江事件涉及到的所有人都一一列举出来。

就在牡丹江事件的同时，还发生了沈阳的白塔堡事件，这个事件也证明了"特别移送"的罪恶事实。东北国际情报组织在牡丹江建立情报站之后，又在奉天（今沈阳）开辟情报工作，由赵福源、史顺臣担当情报员，庄克仁也是这个组织的上级负责人。开始，赵福源和史顺臣在奉天大东门里的鼓楼跟前，以开百货店为掩护进行情报活动，后又迁移到东城根。苏德战争爆发后，日本宪兵队加紧了对地下电台的搜查，他们不得不把电台转移到深井子区荒地沟村，后来又被迫把情报站转移到白塔堡。1943年2月12日凌晨，宪兵队出动了100多人将白塔堡团团围住，正在发报的赵福源和史顺臣当场被捕。他们在宪兵队经受了严刑拷打，但没有供出一个字，最后被"特别移送"到七三一部队秘密杀害。

韩晓当时获得这批档案材料的时候，把它们视若珍宝，他对大家说，"这下子咱们陈列馆的展出内容可丰富多了，咱们的七三一研究也上了一个档次，这趟北京没白来。"许多年以后，他成长为国内国际知名的七三一研究实证专家，到退休的时候，他写了一篇《在赴京征集文物的日子里》的回忆文章，回首往事，感慨万千。我在读这篇文章的时候，曾凝神注视这叠厚厚的稿纸，我敢肯定，那上面一定有他滴落的泪水。

　　就在这次赴北京征集文物的两年之后，也是一个炎热的夏天，美籍华人、美国南伊利诺州大学历史系教授吴天威先生不远万里来到平房，来考察七三一部队研究细菌战的罪恶。在考察的过程中，吴教授就引证的问题同他进行了交流。韩晓曾经在发表过的文章中论述过这个问题，他的观点非常鲜明，引证就等于承认，因此要对引证的观点负责，如果观点出了错误，决不能把责任推给原作者。作为一名研究人员，对一切历史资料、供词和证言，都不能轻易地相信和引用，而要经过考证和研究才能引用，即使是权威的新闻社、杂志社和出版社的文章，也不能轻易地相信和引证。

　　吴教授对他的说法提出质疑："新华社、人民日报上的文章也不能轻易相信吗？"

　　"是的，也是一样。"

　　"为什么？"

　　"新华社发的文章也不一定完全是正确的，也要经过考证。我看过新华社发表的全部有关七三一部队和100部队的文章，几乎全都有错误的地方。现在国家级报刊发表的权威专家的文章，其中的观点也不完全正确。"

　　"韩先生能举例说明吗？"穷追不舍往往是历史学家的性格。

　　韩晓拿出一份《参考消息》给吴教授看，上面刊载了一则1982年6月韩晓与森村诚一会谈的消息。"吴教授您相信这条消息吗？"

　　"当然相信了，我早就知道您与森村诚一探讨过七三一。"

　　"可这恰恰是一条假新闻。那年的6月我根本没有会见过森村诚一先生，会见时间是那年的9月18日、19日两天。如果事隔百年之后，有人看到这条消息，一定会误认为我在1982年的6月会见了森村诚一先生。我对有关七三一的文章、证言、照片、实物，都要经过详细考证和深入研究，认为它是正确时，才引用发表，并对引证的观点负历史的责任。比如牡丹江事件，除了依据《审判材料》和查阅到的历史档案，还追寻到北京、锦州、哈尔滨、长春、牡丹江、肇源等地，找到了3名事件的当事人，还有数名烈士家属，征集到了烈士的照片，不但完整地还原了这一历史事件的全貌，还纠正了《审判材料》中的错误。"

听了韩晓一番话，吴天威深有感触。"我从事历史研究多半辈子了，看到好多学者都是进行资料研究，有的人查到资料引来引去，还加以评论。我很欣赏您这样的研究风格，注重调查考证，不轻易引用现成的材料。我尊重像您这样的实证专家。"

韩晓显得有些不自在。"我在同中央档案馆、国家档案馆和吉林社科院联合出版《细菌战、毒气战》一书时，由于一时疏忽，没把照片说明的意思表述清楚，在编印出版时串动了编码，发生了无法弥补的差错。这件事刺痛了我的自尊心，一个不严谨的人不配做一个历史的研究者，或者我不再研究七三一，只要研究七三一，就决不能再出这种贻笑大方的洋相。"

韩晓先生："我如果有请，您可得赏光啊。"

见吴天威笑着伸出手，韩晓赶紧上前握住，他虽然陪着一起笑，那只是出于礼貌，并没有听出这句像是打哈哈的话有什么深意。

1990年8月他收到了吴天威教授和香港中山大学校长杜学魁先生的邀请函，参加了在香港举办的"近百年中日关系国际研讨会"。这是一次有来自大陆、香港、澳门、台湾、新加坡、日本、美国、加拿大的94名学者出席的盛会，作为七三一研究的学者能走上国际舞台，正是由于他有了实证专家的美誉。在这次会议上，他如饥似渴聆听专家学者的发言和会议散发的资料，对探讨并理顺近百年中日之间千丝万缕的关系，展望未来中日友好合作及对亚洲和世界的影响等复杂、重大的问题有了深刻的理解，为他今后七三一研究取得的成果奠定了基础。在这次会议上，韩晓宣读了题为《侵华日军第七三一部队罪行考》的论文，引起专家学者的关注。会议结束后，香港《星岛日报》记者对他进行了专访。日本著名历史学家粟屋宪太郎称他是"日本细菌战史的实证研究专家"。

三、探寻人性的真谛

把《审判材料》收于囊中，韩晓像揣起宝贝一样兴奋不已，可还有想不到的更大惊喜在等着他。在征集了《审判材料》和照片后，吴洪全副馆长和摄影员带着这些文物返回了哈尔滨，韩晓和老尹留在北京继续他们的征集工作。他们来到西城区西直门外南路 1 号的国家卫生部，说明了征集 1951 年在平房举办细菌战展览的实物。接待他们的一位负责人当即表态，确实收藏着一批日本细菌战罪证实物，这些实物移交给七三一陈列馆才最能发挥它的价值，只是需要有省一级主管部门的联系函，履行正规的移交程序。韩晓马上向黑龙江文管会文博处电话请示，不到三天，黑文管字［1984］第 62 号文件《致国家卫生部请求接受日、美细菌战罪证实物联系函》就发到了北京。许多年后，韩晓谈起这件事就感叹不已。在那个没有传真，没有电脑的落后年代里，办这么大件事，所有部门一路绿灯，就是现在也不会这么快。

拿到了卫生部的尚方宝剑，韩晓恨不得一下飞到沙河镇，细菌战罪证实物就保存在那里的中国医学院流行病研究所。这时已快到中午了，天热得喘不过气来，考虑到老尹年纪大了，他刚要说现在就走，可话到嘴边又咽了回去。没想到老尹比他还急，张罗着要立即动身，因为老尹也急着要看一看那批罪证实物到底是个什么样。在西城区乘公汽车到昌平县的沙河镇已经快下午三点了，没有赶上最后一趟班车，去流研所还有十多公里，只好打车去了。老尹哼了一声，"就你兜里那几个钱我还没数啊，省着点花吧，要不再挺几天就得喝西北风了。"钱不够花就只能走，这一走就是三个多小时，连韩晓最想游览的朝宗桥就没顾得去看一看。在离流研所不远的地方找了个小旅店，这比北京城还便宜许多。韩晓专为老尹买了瓶北京二锅头和两样小菜，他虽然不喝酒，可抽着烟看着这位已经退了休的老人喝得美滋滋的，心底由衷慨叹。他这一把年纪了，主动要求来干这份苦差事，不就是为了七三一研究事业吗？

第二天早上，他们就拜访了鼠防专家纪树立和王淑纯，他们是夫妇，又都曾在哈尔滨工作过，一见面跟老乡一样。韩晓顾不上寒暄，急着要见到那批罪证实物。当他和老尹被领进仓库时，他们俩顿时惊呆了。天哪，这里竟然静静地躺着足足300多件细菌战罪证实物，有铁制的细菌弹壳、细菌弹尾翼、细菌投撒器、七三一部队特殊研制的土陶制细菌弹壳、细菌弹顶盖、细菌弹碎片、运载细菌武器的气球，有昆虫、树叶、老鼠等标本，还有装在容器中浸泡的动物脏器标本。韩晓一件件地查看这些冰冷的、锈迹斑驳的罪证实物，他的心渐渐平静了一些，他的眼前浮现出了制造这些杀人武器的加害者。

对于日本侵略者、细菌战战犯、屠杀中国人民的小鬼子，在韩晓的心里，从记事那天起堆满的就是一层一层越来越强烈的仇恨。这仇恨不但没有随岁月的冲刷而流逝，反而在他的心里不断地燃烧升腾。但他的这种民族仇恨却在1978年的夏天，被注入了更加复杂的成分，使他在七三一研究中产生了对战争与和平更深层次的思考。那时候的中国刚刚结束"文革"的混乱局面，虽然中日两国已经实现了关系正常化，但在民众中间还远没有形成中日友好的普遍认知。特别是多年的中日敌对状态，在中国的文化中，《地道战》、《地雷战》仍然是一线的主流影片久映不衰，到处能听见《游击队歌》和《大刀向鬼子们头上砍去》的歌曲，老百姓所知道的日本人，也就是松井、鸠山之类的鬼子兵。一天领导把他找去，交给他接待日本中国归还者联络会第五次访华团的任务。听说是接待日本人他就想推脱，可领导不容分说，韩晓只得硬着头皮接受了任务。他当时根本不明白领导所说的注意外事纪律应该怎样注意、注意什么，他也弄不清不卑不亢该拿捏到什么分寸，就在他迎接访华团的成员都下了车之后，看着这些在这片土地上杀过中国人的老鬼子兵，他的心里还七上八下的稳不下来。

访华团里的一个日本老人让韩晓安稳了下来，在心里牢牢地记下了这个老人的经历。"我是中国人民的罪人，我这次就是来赎罪的。"面对他真诚的话语和深深的鞠躬，韩晓竟不知所措，他想不出应该赞扬他还是安慰他。这个老人叫上坪铁一，在侵华战争中来到中国，在鸡宁县担任宪兵队队长。1944年的8月间，在他的指挥下抓获了22名中国的平民百姓，把他们认定为间谍，经他亲自批准"特别移送"给驻扎在平房的七三一部队，充当"细菌实验材料"全部杀害了。

上坪铁一在回忆罪恶的往事时，几乎把脸埋起来，他的叙述一声比一声低，连翻译都是凑到他的跟前才能听清。"我那时刚刚晋升为中佐，当上了鸡宁县的宪兵队长。我的心里产生了要出人头地的思想，要在军队里继续往上爬，就得做出优异的成绩，而那时最需要的就是给七三一部队'特别移送'作为实验材料的活人。我当时命令平阳宪兵分队，把平阳镇的张玉环还有他的父亲等15名普通的平民抓来。分队长曾场中尉带领30多宪兵严刑拷打了一个多月，结果什么证据也没捞到。在审讯的过程中，我也到平阳镇去督战，虽然没有结果，但为了显示成绩，就给这些平民按上了'探察军情'和'开展反满抗日运动'的罪名。是我亲自批准把张玉环等被打成重伤的6个无辜的普通人和后来又抓到的16名'政治嫌疑犯'，一起当成'特别移送'材料送给了七三一部队。报告是我签的字，我这一笔下去就杀了22个人啊。"

太震撼了。韩晓没有一点准备，完全不知道此时此刻应该说些什么，他只能继续听上坪铁一说下去。"我有罪，对不起中国人民。这些无辜者虽然牺牲于石井部队，但实际上也等于是我亲手杀害的。其实我杀害的中国人不止这些，要比这多好几倍。战后三十多年来，每当想起这些事，总觉得心里不安，对中国人民欠下了血债。今天来到这里，终于有了赎罪的机会。"

上坪铁一说到这里，痛苦得连腰都直不起来。他回身把一个年轻人拉到韩晓的面前，日本侵华战争是一段罪恶的历史，这是不能忘记的，中国人不能忘记，日本人更不能忘记。这是我的儿子上坪隆也，是在大连出生的，我这次又把他带到中国来，就是为了让他了解那段历史，记住那段历史，不让悲剧重演。他从儿子手中接过早已准备好的一束白花，插在特别监狱的断壁上，和他的儿子一起，双手合十向死难者祷告。"饶恕我吧，九泉下的英灵。我充当了细菌战的帮凶，我心灵上的伤疤永远也无法弥合，我只有用发展中日友好事业的心情来弥补我的罪过。"说完匍匐在地，失声痛哭起来。

上坪铁一的哭声在韩晓的脑海里久久回荡，很长时间都无法散去，他失眠了，每天夜里都伴着这哭声在烟雾缭绕中思考。原来日本鬼子也是人，也是有感情、有正义、有思想的人，是那场残酷的战争把他们变成了一群魔鬼。上坪铁一的出现，使韩晓的七三一研究进入了一个新的境界。几年以后，他又接待了森村诚一，读到了《恶魔的饱食》，加害者再不是简单的侵略者、也不统统是凶残的鬼子，他们无论是继续追随石井四郎的顽固分子、右翼势力成员，还是深刻反省战争、呼吁和平的正义老人，在他的眼中都变成了一个个有血有肉的人。从此，他开始搜寻并关注起那些加害者的感情，他渐渐发现，加害者们的内心要比受害者复杂得多。

1981 年 8 月，日本东京都星火产业株式会社友好访华团来到平房，团长石川士郎先生在七三一遗址边看边说，这得好好保护起来啊。他在参观之后说，这个细菌工厂的旧址，对教育日本青年一代，使他们了解日本帝国主义所犯下的罪行，使日中两国永不再战是非常有教育意义的。他说的可不是应景的客套话，星火产业株式会社遵照石川士郎的意愿，每年派出一批由青年社员参加的阶级教育旅行访华团到七三一遗址参观。韩晓每次接待这些年轻人时，都感慨万千。

谁都想不到，石井四郎的司机越贞夫会站出来揭露七三一部队惨无人道的罪行。1982 年 8 月 13 日，在东京涩谷县举办了一场争取和平的战争资料展览会，向市民们展示了关东军七三一细菌部队的照片和实物，把日本帝国主义在侵华战争中罪恶的内幕公之于众。就在这次展览会展览大厅旁的一个房间里，越贞夫向社会各界发表演说，揭露七三一部队用细菌武器杀害中国人民的罪行，引起强烈的反响。一位中国妇女在接受媒体采访时说："这明明是侵略、是犯罪，事实胜于雄辩。"展览会后，越贞夫把在七三一部队时的所见所闻写成了一本书，书名叫《日本国旗鲜红的眼泪》，书一发行，四方震动。

从 1981 年开始，日本大阪和京都的一些和平友好团体联合举办"为了和平反对战争"展览会，参观展览的人越来越多，社会反响强烈。大阪战争展览会实行委员会事务局长小森先生在回答反对者的质问时说：战争是不长眼睛的，不仅使被害国人民遭受灾难，而且也给我们加害国的人民带来灾难。作为日本人只讲自己受害，不讲侵略的后果，能够了解战争的根源吗？如果不讲侵略战争，那么反对战争又能从何讲起呢！

1981年9月5日，一些七三一部队老兵中的右翼势力成员，在日本倍州美原温泉宾馆召开了关东军七三一部队战友会第一次全国大会。有人在会前秘密发行刊物《房友》，上面印有回忆歌集，发表了《关东军之歌》、《战友》、《依靠腰间的军刀》等七首歌曲。有人在会议上发表演说，"我石井部队的精兵，在诺门罕战争中命运攸关的南线作战中，为了守卫帝国的生命线，不惜献出自己的青春，是一支功勋卓著的队伍。"在这次会议上，甚至有人提出要修建石井四郎纪念碑，世世代代颂扬他的威德。有的人是不明真相应邀来参加会议的，会议一结束就当场发表不满的言论。"到现在这种时候，有谁还会跟着太阳旗和军神跑呢？参加这样的战友会，只是极少数人。我们这些人来参加这个会，本意是不要再进行战争了。七三一部队已经被历史埋葬了，决不能让军神再次苏醒。"这就是日本，这就是日本七三一老兵们对那场战争截然不同的感受，针锋相对的立场。在一片宣扬战争的喧嚣声中，反对战争，企望和平的老兵们，正用他们年迈衰弱的身躯抗争着，支撑着他们的信念是和平、和平，中日永不再战。

韩晓默默地清点着这些罪证实物，它们一个个冰冷、狰狞，上面的锈迹记录着数不清的罪恶，散发着硝烟和血腥。可他拿着清单核对时，突然听到一种微弱的声音，这声音恐怖而惊悚，别人是听不到的，这是韩晓心灵的感应。这声音是那些弹壳、尾翼在呼吸，是那些内脏在跳动，触摸一件件锈蚀的钢铁，原来上面也有隐隐的体温。他抱着一颗炮弹说，老尹我们得赶快把这些宝贝运回去。那架势好像怕谁给抢跑了似的。

怎么把这些实物罪证运回去呢？开始都以为火车是唯一的办法，但是却困难重重。首先得用木料制成包装箱，再用汽车运到铁路货运处，最最要命的是得花掉五、六千块，到哪去求爷爷告奶奶也弄不来这么大一笔钱啊。他给馆里打电话，让他们到一家商店去求援借一台汽车。两天后的早晨，两个司机师傅开着一台嘎斯69型汽车赶到了流研所。韩晓喜出望外，捋胳膊挽袖子抱起炮弹就往车上装，司机师傅还以为他是装卸工呢，听老尹喊馆长才知道他是个干部，二话没说就一起帮助装车。下午三点启程往回返，但让他没想到的是，这回家的路上却吃尽了苦头。先是下雨，雨停了是暴晒，再后来又是暴风雨，他让老尹和司机都坐进驾驶室，他一个人在车厢上死看死守，唯恐有半点闪失。狂风暴雨中汽车跑了两天两夜，等到家打开车上的苫布发现，满满一车的实物罪证没有淋到一滴雨水，只有浑身水淋淋的韩晓瑟瑟发抖。他掏出火柴，火柴湿透了，掏出烟盒，烟盒也湿透了，虽然在瘾头上没有抽上烟，可他的脸却堆满了笑容。

　　韩晓属牛，他自己说属牛的人虽然思考力强，但缺点是固执己见，只要思考成熟就会不顾一切，凭借坚强的毅力坚持到底。在七三一研究的道路上，他不但固执己见，不顾一切，还把这个伟大的事业坚持到底。就在这次赴京征集文物之后两年，他以突出的研究成果获得全国文博战线先进工作者称号，文化部向他颁发了一枚金牌。1990年8月，应美国南伊利诺州大学吴天威教授邀请，赴香港中文大学参加近百年中日关系史国际研讨会。他还多次应邀访问日本，在大学里、在集会上、在研讨中向日本人展示七三一部队罪恶的证据，倡导世界和平。他寻找访问了180多名见证者，获得了25万字的见证资料。他跑遍全国20多个城市，搜集到50多万字的档案和图书资料。出版著作《日军七三一部队罪恶史》、《七三一部队见证录》和诸多论文有六十多万字。他从一个学徒工开始研究七三一，一直到他五十岁那年才取得了丰硕的成果，展现了才华，走向了国际历史研究的舞台。

　　关于属牛的说辞，韩晓落了一句没有说出来，那就是属牛的人往往大器晚成。

第五篇
说不尽山边悠喜子

一、追踪安达特别实验场

深秋时节，东北大地虽然已有些冷了，可在这个天高云淡的下午，太阳光直照在地上，深秋的温暖让人眷恋。从安达市出来往东十八公里有一个叫鞠家窑的小屯，过了屯子再往东走一公里，有一大片凸起的土岗，在土岗上竖立着一座高 1 米、宽 1.2 米的汉白玉标识碑，告诉人们这里是侵华日军第七三一细菌部队安达特别实验场遗址。

通往这里的一条砂石路上，一辆吉普车疾驰而来，卷起的尘土一路激昂，在暖暖的阳光里久久不肯平静下去。吉普车是实验场遗址展览馆的，刚从长途客运站接来两位特殊的参观者。车在土岗前停住，一个中年男人先下车，然后把一位比他年长许多的女士搀下来。女士个子不高，看上去文弱之间透出一股坚韧的气度，她虽然显出疲倦，但仍然甩开搀扶，使出浑身的力量向土岗上一步跟一步地走去。中年男子紧赶慢赶地跟着她来到标识碑前，只听她在喘息的空闲说了句，我终于又看到了一处罪恶的地方。

她叫山边悠喜子，是一个日本人，是一个为了日中和平永不再战而能舍出一切的普通的日本人，陪她参观的是侵华日军七三一部队罪证陈列馆馆长韩晓。山边老人在上世纪八十年代初读到了森村诚一《恶魔的饱食》，在这本书里她知道了七三一的罪恶，震惊之余开始关注七三一，并把研究七三一当成了投入全部生命的事业。为了研究方便她只身来到中国，在黑龙江大学学习中文，三天两头往平房跑，很快就和韩晓馆长成了好朋友。她是听韩晓讲七三一部队在安达进行野外实验的事情之后，才跑到这一望无垠的大草原来看个究竟。

这个特别实验场是 1941 年的夏天修建的，属于七三一部队的配套工程，距七三一本部所在的哈尔滨市平房地区约有 130 公里的路程，归属七三一部队第二部也就是实验研究部管辖，部长是碇常重少佐。在这个实验场的四周是一望无垠的大草原，地势平坦开阔，人烟稀少，既可建简易的飞机跑道，又利于保密。当时这里的建筑分为地面和地下两部分，地面有飞机场和作为仓库、井房子、牲畜圈、老鼠舍用的简易木板房，地下部分有实验室、观测室、监狱、宿舍、办公室等一应俱全。自实验场建成之日起，七三一部队就不断地从哈尔滨平房用汽车或飞机运送健康人体进行鼠疫、炭疽、伤寒等细菌武器的实验。同时还进行"人畜共患"实验、常规武器穿透人体实验等等。每当实验场内进行实验时，附近村民在远处可以看到靶场内升起的信号旗和点起的缕缕炊烟，有时看到飞机起落、低空盘旋扔炸弹，偶而看到身着五颜六色衣服的日本兵在实验场内走动。这时，日本兵骑着马把在附近田里干活和放牧的人赶回村去，鞠家窑村东口也被封锁起来，不准中国人观看。

七三一部队除在室内用活人来实验所制造的各种细菌武器的效能外，为研究在战争环境中使用细菌武器并使其更好的发挥效能，凡是七三一部队研制的细菌武器都在安达特别靶场上用活人来做实验。七三一部队还配合侵驻长春的第 100 部队（即日本关东军兽类防疫部）在安达特别靶场上，用细菌武器进行动物实验和动物与活人混合实验。

他们进行细菌武器实验的方式多种多样，惨绝人寰。1942 年的 6 月，七三一部队在安达特别靶场上用活人进行鼠疫、跳蚤、石井式磁壳炸弹效能实验。把 15 名被实验者绑在实验场的铁柱子上，用飞机将 20 枚炸弹投向实验场上空，炸弹在距离地面一二百米的高空爆炸后，装在炸弹里的疫鼠、跳蚤撒满整个靶场，落到被实验者身上，用以观察是否染上鼠疫。

1943 年末，七三一部队在安达特别靶场上用活人进行炭疽热细菌传染实验。把 10 个被实验者绑在间隔为 5 米的铁柱子上，在距被实验者 50 米以外的地方，用电流引爆一颗开花弹，受实验的人被弹片炸伤，立刻受到炭疽热病菌的传染。

1944 年春季，在安达特别靶场上，用活人实验鼠疫细菌液经过呼吸器官传染疾病的效果。将 10 名中国人绑在靶场的铁柱子上，在距离被实验者 10 米的地方，用电流引爆一个装满鼠疫细菌液的铁桶。10 月，又对 5 名中国人做传染鼠疫的实验。1945 年 4 月，离日本战败投降只剩三个多月的时候，七三一部队海拉尔支队长加藤恒则、牡丹江支队长尾上正男、林口支队长本神原秀夫和第一部的肥之藤少佐一同搭乘轻型轰炸机到安达特别实验场，观看活人实验。他们将 4 名中国人反绑在木桩上，轰炸机从 150 米高度投下"石井式炸弹"。炸弹在 50 米高处爆炸，里面装的炭疽菌撒满靶场，被实验者均被细菌感染。

1943 年夏季，他们还在这里进行了兵器效能实验。七三一部队在安达特别靶场上，将十几名中国人塞进快要报废的坦克车和装甲车内，在距离 10 米、20 米、30 米处，用新研制的燃烧剂和火焰喷射器进行喷烧试验。结果坦克车和装甲车被烧变形，车中人被活活烤死、烧焦。此外，他们还在安达特别实验场上用活人进行步枪穿透性能试验。他们将被实验者蒙上眼睛，每 10 人排成一列纵队，一个挨着一个靠得很紧。一列是穿棉衣的，一列是穿单衣的，一列是一丝不挂的。然后，在一定距离上用三八式步枪射击，检验其穿透人体性能。

用来做实验的"材料"是从哈尔滨平房"特设监狱"中挑选出来的，他们绝大多数是中国的爱国志士、抗日战士、中共地下工作者及少数苏联红军侦察员。被实验者通过陆运和空运两种途径被押送到安达特别实验场。陆路运输由七三一部队第三部运输班负责，到安达特别实验场属长途运输，为防止被实验者在运输途中逃跑，事先要带上手铐和脚镣，还在脚镣上坠上铁球。然后，被装进伪装了的"特别囚车"内，由全副武装的日本宪兵和特殊班队押送至安达。据有关资料记载，在安达实验场，每年死于细菌武器实验的健康人体达 80 名左右。

听了韩晓的讲解，山边一句话也没有说，她默默地跟在韩晓的后边，细细地看完了竖立的 4 块界碑、8 块说明碑，还有刚刚建立的展览室。该看的都看了，山边还是不说话。韩晓问，"你在想什么？"

"他们没有反抗过吗？"山边说这话时，眼睛却像要望断旷远的天地之间。

"反抗过，是集体的反抗，是激烈地反抗，但失败了。"

山边转过脸直盯着韩晓，好像她也参加了那次激烈的反抗一样。

"1942 年的冬天，七三一部队在这个实验场进行了一次鼠疫菌传染实验，实验的方法是把装有鼠疫菌的炸弹空投到地面，观察鼠疫菌在冬季的传染效果。那天一共有 30 名用作实验的中国人被从平房运到这

来，把他们绑在用冰冻住的木桩上。实验开始前，七三一的队员们撤离
到 300 米远的地方观察实验结果。就在这时，他们突然发现有一个人挣
脱了捆绑，还没有来得及做出反应的时候，只见这个人不但没跑，而是
迅速地去帮助其他人解开绳索。从木桩上解脱的人从一个到两个，再到
四个六个八个，转眼间 30 个人四散奔逃。指挥官急忙下令用机枪扫射
镇压，有的人被子弹射中，但活着的仍然继续狂奔。于是日本兵就开着
汽车追杀，追上一个就撞死或碾压致死。屠杀结束后，为了保密把尸体
全部装车拉回平房本部火化。由于当时情况紧急混乱，到了本部后才清
点尸体，发现只有 29 具。指挥官派了一辆车回去找，费了很大劲，转
遍了整个实验场也没有找到，最后只好偷偷地把 29 具尸体送进焚尸炉
火化，把这件事隐瞒下来。"

　　"这么说有一个人成功地逃了出去？"山边的眼里放射出亮晶晶的
感情。

　　"我对这次失败的拼死抗争进行了调查。当时鞠家窑的老百姓并不
知道这件事，只是看到从哈尔滨方向来了几辆大卡车，日本兵下车后就
把这围了起来。过了一会就听见有枪声，还有汽车转来转去的，谁也不
知道出了什么事。到了下午，汽车都走了，戒严也解除了，人们才发现
在草原厚厚的白雪上，到处是汽车轮子乱七八糟的印迹，到处是残留的
一片片血迹。一年以后，鞠家窑的农民关占和在实验场附近的草原上放
羊，意外地发现在机场西南角一里地的草丛中有一具尸体。这个人衣着
褴褛，袖筒的肘弯处有一块口袋布缝的补丁，胳膊上有枪伤，浑身是模
糊凝固的血迹，身体散发着腐臭味。这具尸体的来源已经没有办法弄清，
但村民们联想到去年冬天发生的事情，觉得可能跟日本人的那次实验有
关。"

　　讲到这，韩晓看了看山边，她的眼睛不再像刚才那样闪亮，而是和
晚霞映衬的太阳一样渐渐地暗淡下来。远处的吉普车响了两声喇叭，是
司机师傅在催他们。韩晓一看手表，"咱们该走了，还得赶上回哈尔滨
的长途车呢。"

"你有可靠的证据来证实那具尸体就是没有逃出去的那个人吗？"

韩晓搀着山边往土路上走，看着她凄凉的神情暗暗后悔，真不该把这件事全都讲给她听。

二、我已经把中国当成自己的祖国

横亘于中国吉林和朝鲜两江道之间的长白山，以其广袤雄浑的磅礴气概，号称东北第一高峰，也有人把她叫做东北屋脊。一辆旅游中巴车在北坡的盘山公路向上爬行，坐在车上的山边悠喜子怀里抱着一个布兜，她的脸色阴沉，一路上的瀑布、温泉、绿渊潭、地下森林、峡谷浮石林、冰水泉这些景点她都没有下车，也看不出她有半点兴致。旁边的步平先生和几位著名的历史学家也无心外面的秀美风景，神情如山边一样沉重，他看看前方，知道目的地就要到了。

步平是中国社会科学院近代史研究所所长、中日共同历史研究中方首席委员。他本来正在日本讲学，是专门赶回来陪同山边女士上长白山的。他一反平日的潇洒和儒雅，像阴沉的天一直阴沉着脸，时不时地看看山边，这个快80岁的老人实在让他担心。2003年2月，步平在日本参加国际会议的时候，接受了山边的邀请，在会议的空隙时间到她的家里访问，正是那次访问，他答应山边陪她一起上长白山。

其实，山边不是第一次上长白山，六十多年前，她就作为八路军里的日本女战士转战在这白山黑水之间，黑水是黑龙江，白山说的就是长白山。山边的中国情结最早要追溯到1941年，那年的春天，她的父亲山田一夫，一个农民出身的壮年人，为了生计汇入了开赴"满洲"开拓团的洪流，在东宫铁男喧嚣的"为了国家我们去了"的歌声中，来到了奉天省（今辽宁省）本溪市，在日本人经营的钢铁公司当电话技师。到了这年的夏天，母亲带着她和姐姐也来到了本溪，全家在中国的土地上团聚了。

那一年她才十二岁，在这陌生的国度开始了传奇的人生。当时的东北叫做"满洲国"，虽然有个溥仪皇帝，但日本人才是真正的统治者。

日本人的报纸把共产党称为"匪徒"，报纸上经常会留出一块地方专门记录当天杀掉了多少"共匪"。山边还小，她不明白什么是"共匪"，不明白为什么每天要杀掉那么多"匪徒"，更不明白为什么杀了那么多人还有"共匪"豁出命跟日本人作对。

在上学的路上，在商店里，在父亲上班的公司，她经常会看到日本人打骂中国人，看到日本军人把中国邻居驱除出村庄，看到跟自己一起玩的小朋友不断有人因冻饿死去。这是在中国呀，日本人为什么这么威风？中国人为什么要挨欺负、要受苦难？她问过父亲，父亲说因为他们是中国人。父亲的回答不但没有解开她心中的疑问，反而更加迷惑了。

当时间走到了 1945 年 8 月 15 日中午 12 点整，广播中在演奏过日本国歌《君之代》后，裕仁天皇宣读了投降诏书，大日本帝国无条件投降了。自那一刻起，日本成了战败国，所有在东北的日本人的生活都发生了彻底的改变。他们的生活没有了着落，粮食很快就吃光了。周围中国人的态度也发生了极大的转变，见面连招呼都不打了。在最困难的时刻，只有父亲的徒弟小张偷偷给他们家送来一袋高粱米。他扔下米袋子，说了句："人要讲良心"，就慌忙跑走了。日本投降后的东北一片动荡，由于食品短缺，人们就涌到军队的仓库抢粮食，在那里还发生了中国人聚众袭击日本人的事件。

当时掌管本溪市的当权者不断变换，先是苏联红军，然后是国民党中央军，最后进驻的是共产党的八路军。有一天，小报上刊登了一条八路军发出的请求协作的通告，内容是征召有简单医疗知识的人。由于山边在女子学校毕业前就取得了护士的资格，所以她决定响应这个号召，去参加八路军。许多媒体在介绍山边参加八路军的时候，都讲了一个小故事：有一个八路军的小战士跑来向山边的妈妈借锅，看到这个战士破破烂烂的衣服，猜想这锅是还不起了，以前国民党军队来借锅就没有还，于是妈妈找了家里最旧的一口锅给他。没想到过了一个多礼拜，这位小战士来还锅，说了声谢谢转身就跑了。妈妈打开锅盖一看，锅里还放着两根胡萝卜。当时的生活很艰苦，八路军战士却把自己的口粮省下来给了他们，这让他们全家人很感动，所以才报名参军，成了八路军里的日本女战士。山边在向步平说起这件事时，还透露了一个从没公开过的原因。当时的局面很混乱，有人成立了一个"日本人居留民会"，办了一个只有书本那么大的油印小报，登出一些本地的新闻和驻军的通告，以此在居留的日本人之间建立联系。在苏军开进本溪时，小报上发出一个通知，要求日本的女性出来与苏联军人交朋友，这样他们对日本人的态度就会温和一些，通知还说提出这样的意见是为了日本全体居留民的利益。看到这样的通知，山边的父母非常愤怒和惶恐。日本军队到处建立"从军慰安所"，用蹂躏殖民地妇女为代价，来满足军人的生理需求。这个所谓的日本居留民会以为别国的军队也同日本军队一样，只要献出女性就会得到他们的帮助，这样卑鄙的做法真是可悲啊。正是在这样混乱动荡的窘境中，山田一夫终于答应了女儿参加八路军的愿望。这一年山边只有 16 岁。

车在山脚下停住了，剩下的一段路只有步行上去了。步平搀扶着山边老人下车，虽然山边的劲头十足，可她还背着一个布包，一路上去可真够她呛啊。老人花白的头发记录着她风雨沧桑的人生，坚定的脚步象征着她伟大的人格。步平眯起眼睛看着她，就像在读一部扣人心弦的历史，在步平的心中，山边悠喜子就是一部扣人心弦的历史。

山边参军后被分配到野战医院当了一名护士。开始他们这些日本人跟中国士兵之间隔阂很深，还发生了日籍人员密谋逃跑的事件，给每个日籍战士都蒙上了一层不被信任的阴影。有一次，当一个日籍护士给重伤战士喂药时，一个中国军人竟用枪顶住护士的后背，警告她不许对战士有任何不利的企图。一些战士仍然对日本医护人员怀有敌意——毕竟日本侵略了中国八年，在东北则更久，让中国变得满目疮痍、民不聊生。有一次，一名伤员故意打翻了山边送药的托盘，还向她大喊大叫："你们这些日本人在这里干什么，你们这些战败者！"这时，山边的指导员很快赶过来，批评了这名战士并让他向山边道歉。部队的首长还说："你们虽然是日本人，但是参加了革命军队，也是我们的兄弟姐妹。我们不能把对日本军队的仇恨发泄在你们身上。"随着中国军官不断地教育和战事越来越激烈，中日士兵之间的这种紧张的气氛逐渐有所缓解。

为了更多地了解山边女士，我曾专程跑了一趟北京，在王府井大街上的中国近代史研究所拜访了步平先生，一谈起山边悠喜子他滔滔不绝。

在日本访问时步平到山边家做客，山边用非常中国化的语气给他讲了几个在中国军队里的事情。"参军初期，我和许多日本青年一样对中国革命很不理解，而且常常想家，情绪也不稳定。然而，在革命队伍里每天耳闻目睹的事情及共产党员朴实感人的行动，使我在思想上发生了变化。特别是我看到医院驻地的老百姓对待军队的伤员就像对待自己的亲人一样，毫不犹豫地为伤员腾出自己的房子，而自己却睡在院子里的高粱秸上；刚刚结婚的新娘子把崭新的被子拿来给伤员用，被脓和血弄脏了也毫无怨言。那时我很奇怪，为什么中国共产党的军队和人民有这样深厚的感情？"

"后来发生的一件事使我明白了许多。那是一天的傍晚，我们医院转移到一个村庄，借住在农民家里。吃饭的时候，门外来了一群脏兮兮的小孩，眼睛直盯着战士碗里的稀饭。那时粮食很紧张，我们也只能喝稀饭，根本吃不饱。可是，指导员李世光看孩子可怜，就把自己的一份给了最小的孩子，其他的中国同志也都把稀饭给了孩子，连小通讯员也把自己的饭让了出来。当时我和通讯员年龄最小，我就问他，你把饭给了孩子，明天怎么行军赶路呢？通讯员说，我饿点没关系，可他就像我的弟弟一样，怎能忍心看着弟弟饿肚子而自己吃饭呢？"

"这件事在我的思想上打下了深深的烙印，这种军民关系是日本人从未体验过的。我开始对中国共产党有了新的认识。"

"还有一次，我们行军经过一个小镇子，老百姓都到街上来欢迎。我的年纪小，个子又矮，脚上磨出了水泡，拄着木棍一拐一拐地走在最后面。一位老大娘从人群中走过来，我还没有看清她的脸庞，就觉得一股热气传到我的手上，原来是一个刚煮熟的鸡蛋。大娘说，这么小就参军了，走这么远的路，太辛苦了，快拿着吧。我急忙推让说，'我不能要，我们有纪律'。可是大娘硬把鸡蛋塞到我的手上。我非常激动，眼泪不断地流。我想，大娘一定不知道我是日本人，而日本军队对这些善良的中国人民犯下了那么大的罪行，我一定要用自己的努力回报中国人民。当年鸡蛋那热乎的感觉好像至今还留在我的手上，那是中国人民对我的温暖的感情。"

"新中国成立后，开始有了一些来自日本的消息，收到了家信，我是多么想立即见到双亲，多年的思念一下子涌上心头。但是我也知道，我现在已经是中国人民解放军的一员了，军人要服从军队的命令。"

"到了1953年，根据中日两国间的协议，大批日本人返回国内。这时我已有了爱人，他叫山边贤藏，原来是日本关东军航空队隼部队的军人，是机械兵。日本投降以后，在部队长林弥一郎的带领下，这支部队参加了八路军。林弥一郎就是后来'日中和平友好会'的会长。我们一家恋恋不舍地离开中国，踏上久别的国土。当时我的心情是无法形容的，一方面为能够看到日本的亲人而高兴，一方面又因离开了中国的亲人而难过。我回到家时，父亲已经80多岁了，他对我说的第一句话就是，'你感谢了中国没有？'因为他知道，当时在中国东北的日本人能回到日本是要经历千辛万苦的，现在中国把他的女儿健康平安地送回来了，不知怎样感激才好。"

山边老人虽然气喘吁吁，仍倔强地向山顶迈进，执拗地自己背着布包，所有的人都知道，这个布包是谁都无法分担的，只能由她自己背上最高峰。步平的脑海里蓦地闪现出山边家中墙壁上的两个镜框。一个是中国人民解放军总政治部颁发的参加抗日战争、解放战争纪念章和奖章；还有一个镶着一张黑白照片，是山边和中国战友的合影。奖章闪着耀眼的光荣，而一身粗布军装的山边英姿飒爽，朝气蓬勃。步平断定，此时此刻在山边老人的心中，正在穿越当年激情燃烧的岁月。

终于来到了长白山的最高处，她环顾着群山和森林，战士的气魄压过了强劲的山风。她这次登长白山是为了已经去世的丈夫山边贤藏，她背上的布包里装着丈夫的骨灰，她要让丈夫和磅礴绵延的长白山一起永远留在中国，她要让中国永远记住这个日籍的八路军战士。六月的长白山无论谁靠近都会感叹不已，雪白得悦目，天蓝得赏心，苔藓翠绿，熔岩火红，正所谓一山分四季，十里不同天。山边老人被感动了。"60年前在东北大地上战斗的时候，经常看到这样的风景，可是那时没有时间欣赏。而现在，我却想起了当年的那一幕一幕，想起了在战斗中牺牲的我的中国和日本的战友们，也想起了18年前老战友们陪着我和贤藏一起爬长白山的情景，也想起了贤藏当时的欢声笑语。现在，虽然老战友们陆续离我而去了，可是，我有幸结识了你们这些战后出生的朋友，我们又在一起共同奋斗，我们又一起登上这长白山，我感到由衷地高兴啊。"

风更大了，拨动着峻岭和森林发出嗡嗡的响声。山边随意找了一块平坦的地方，打开背包拿出一顶缀着五角星的草绿色军帽，这是贤藏在80年代回中国时，广西军区老领导送做纪念的。她又拿出一个小盒子，里面是中国抗日战争纪念章和解放战争纪念章。她庄严地把军帽和奖章摆好，然后打开盛骨灰的口袋，轻轻地把骨灰撒在军帽和奖章的周围，那骨灰像山上洁白的雪。步平双手捧着一瓶酒洒在骨灰旁，祈祷这位把中国当成自己祖国的山边贤藏先生伴着他喜爱的中国烧酒长眠在中国的大地上吧。

山边老人迎着风，白色的头发和白色的围巾热烈地飘扬。站在这山巅之上天池一旁，老人家满眼烟云。她想到了和丈夫一起随着解放军节节胜利，转战了半个中国，辽沈战役、平津战役、衡宝战役、宜沙战役，一路打到广西、广东。在广州，他们的女儿出生了，为了纪念在中国的革命生涯，她为女儿取了珠江这个好听的名字。她想起了喜欢喝酒的丈夫经常对酒当歌，唱那首传遍中国大地的《团结就是力量》。她想起了丈夫在顽强抵抗病魔的三年间常常念叨的那句话，唉，如果我没有参加八路军的话。这句话的深意只有她能解读。如果不是身为八路军的战士而脱离了日本军队，今天还不知道会是怎样的结果，他说这话时，是在感慨中国改变了他的命运。她想起了丈夫在最后的时刻说要回中国去。她听到了风从峡谷中吹来贤藏的声音，"一定要把我的骨灰撒在长白山上，我要睡在中国的大地上，那里是我的再生之地啊！"

老人静静地收拾起背包扭头往回走，步平等人也跟着下山，平平淡淡冷冷清清，撒骨灰的地方连个记号也没有留下。

这就是山边悠喜子。

三、让恶魔的秘密大白天下

七三一，这一石井四郎精心掩盖的秘密瞒过了日本人，也蒙蔽了绝大多数中国人。在中国军队征战了 8 年，回到日本又在职场奔波了半生的山边悠喜子，对七三一也是一无所知。直到 1981 年，日本著名作家森村诚一写出了《恶魔的饱食》，这本书不亚于又是一个原子弹在她的心中爆炸。震惊之余，她被团团疑惑纠缠着，日本人会这么坏吗？这难道是真的吗？森村诚一的作品可靠吗？解开这些疑惑的强烈欲望，使她又成为了一名战士，只身一人再次来到了中国东北的哈尔滨，来到了当年七三一部队本部所在地平房区，亲身走进了这个"魔鬼的乐园"。为了研究七三一，她到黑龙江大学学习中文，住进了留学生宿舍，这样一来就省去了昂贵的住宿费。那时哈尔滨的交通还很不方便，黑龙江大学到七三一虽不太远，但公路弯弯曲曲，还有好几个陡坡，老掉了牙的公共汽车一遇到上坡就呼哧呼哧地喘粗气，跟牛车差不多。她每次花在路上的时间就得两三个小时，这对六十多岁的山边来说真是难为她了。可她不但不觉得难，经常往返于黑龙江大学和平房区之间总是兴致勃勃。在她的宿舍墙上贴着一张日程表，上面记载最多的就是去七三一陈列馆，每周一两次，甚至三四次。就这样，她离开丈夫，越过大海，在中国一头扎进了七三一。在这里她结识了七三一侵华日军罪证陈列馆的第一任馆长韩晓，并在七三一研究的道路上一路走来，成为跨国挚友。

韩晓热情地接待了这位个子不高，穿着贵州蜡染布的中式衣服，脚穿中式布鞋，说一口流利中国话的日本来访者。这时的韩晓已经是中国七三一研究的领军人物，自从接待了到中国来谢罪的上坪铁一之后，他就改变了一提日本人就满脑子日本鬼子的印象，所以对山边这样主动登门来研究七三一的老人顿生敬佩之意。可是，经过了一番交谈之后，韩晓脸上的笑容渐渐冷却了，他抽出一支烟点着，烟霭中他紧紧盯着山边，他开始怀疑起这个温文尔雅的日本女人的来意了。因为在交谈中，山边不断地问，您说的这些都是真的吗？日本人真的会坏到灭绝人性的程度吗？韩晓被她问急了，忽地站了起来。但在那一瞬间他又冷静下来，这是在工作，这是接待一位对七三一罪证还不完全了解的日本宾客。他轻轻把烟熄灭，以学者的风度和蔼地说："尊敬的山边女士，请跟我来，我给您看，我给您讲。山边把陈列馆从头看到尾，韩晓给她从头讲到尾。"后来韩晓把多年研究的资料搬出来，像给小学生上课那样，为她还原那段疯狂血腥的历史，当天讲不完就第二天接着讲。在那段时间里，她的灵魂受到撞击，精神忍受折磨，她的思想也颠覆了。再后来，韩晓就领着她实地踏查罪证遗址，寻找当年幸存的劳工。她的足迹遍布了平房区的大街小巷和村村屯屯，她还跟着韩晓到背荫河镇、安达市、大连市等地去考察七三一部队的遗址和寻找七三一罪恶的见证人。这个当年参加八路军的日本战士，现在俨然成了七三一陈列馆的日本研究员。

对这个穿梭在中国人群中的日本人，有警惕、有怀疑，也有尊敬、有温暖，但更多的是质问。有一个在战火中活过来的老人问她："我听说你们日本人都接受过很好的教育？"山边回答，"是的"。老人更加困惑了："我没念过书，没受过教育，但是我都知道拿别人的东西是不对的。你们受了那么好的教育，为什么还要侵略别人呢？"山边眨眨眼睛，她回答不出这个问题。

日本的年轻人对日本侵略中国是怎样认识的？

现在的日本人对七三一的历史了解有多少？

如果日本军队没有来，我们中国人怎么会受那么大的苦难呢？

在中国经常受到的这些质问深深地刺痛了山边，她跟韩晓说："我已经寻找到了七三一这段罪恶历史的真相，但这是远远不够的，我要让更多的日本人了解这段历史的真相。"听了这话，韩晓扭过脸偷偷抹了抹眼睛。

在中国生活、学习、考察了五年之后，山边又回到了日本。在参加一个日本语教师培训讲座时，她把在中国受到的质询向讲师提出来，得到的回答让她很失望。"在海外，经常会有这样关于战争历史认识的提问。我认为只能说这些问题与讲授日本语没有关系，我们还是以回避为好。"这就是一位名牌学校曾经获得过笹川奖学金的优秀讲师的回答。语言是从民族的历史中产生发展而来的，怎么能割断历史呢？山边本想反驳，但她放弃了。她不但放弃了反驳，也放弃了这种经院式的追求，她决定把在中国搜寻到的七三一的秘密公之于世，她要让日本人民都知道这个秘密。

正在这个时候，东京新宿区原陆军军医学校的旧址上突然发现了100多具人骨，有的头骨上面被手术锯条切割或子弹穿过的痕迹。因为七三一部队的部队长石井四郎曾是这个军医学校细菌研究室主任，因此这些人骨使人联想到曾经用人体做实验的七三一细菌部队。这件事引起社会轰动，当地民众成立了专门的组织，向地方政府交涉，要求对人骨进行鉴定。鉴定结果出来了，是亚洲人种。虽然人骨的来源没有搞清，但这一事件却促使公众对七三一细菌部队引起关注。山边找到矢口仁也、田千代子这些致力于和平事业的同事，把在中国带回来的资料给他们看，还提出举办揭露七三一细菌部队罪行的展览。她说："许多日本人对日本军队在中国的战争犯罪历史很不了解，有的人认为战争就是要死人的，日本人不是也有死亡，所以他们没有深刻的反省意识。怎样对这些人进行教育，这是我们一直在思考的问题。我觉得，可以通过对七三一从事细菌战和人体实验罪行的揭露，让更多的日本人认识到，日本人在中国的行径不是一般的战争犯罪，而是违反国际公约的极端残暴的反人道行为，从而唤起他们的良知，从战争加害一方去认识日本的战争责任，只有这样才能真正远离战争促进和平。"

举办七三一部队展的发起人们，为了让更多的日本人参加进来，决定成立七三一部队展全国实行委员会，后来这个委员会又改称ABC企划委员会，山边悠喜子出任副代表。这个委员会从1992年7月在新宿进行的第一次展览开始，13年的时间里，在日本的170多个地方举办了七三一部队展。由于山边穿梭于日中之间辛苦努力，几乎把七三一的所有资料都翻拍成照片，先后制作了100多块壁板，还有人体实验、陶瓷炸弹、七三一部队本部大楼模型、铁制脚镣等展品。展览期间，把侵略战争中的历史事实编撰了《超越时代传述》《日军细菌战和毒气战》两本书出版发行。七三一部队展在日本战后的反战和平活动中规模空前，共有50万人参观了展览。

山边在走进七三一陈列馆看到日军细菌战的暴行震惊之余，还对七三一遗址保护的现状深感不安。整个七三一本部大楼被一所学校占用，其他的建筑有的用作工厂的车间，有的成了居民住房，还有的干脆就废弃了。她曾到韩晓家去做客，那是一个叫新祥里的破败不堪的地方，那条泥泞的小胡同永远留在了她的记忆里。就在他那间只有十平米的小屋里，韩晓坐在一只小板凳上，跟她谈起七三一遗址的保护和开发计划。当山边问他这个计划为什么迟迟不实施时，他一边叹气一边摇头，没有钱啊。看着韩晓的沮丧，山边感慨万千，就在这间狭窄的小屋里，萌生了一个宏伟的计划。她返回日本后，向七三一部队展实行委员会报告了七三一陈列馆保护开发计划因经费不足而搁浅的情况，并发出倡议，为平房区扩建陈列馆筹措资金。为了扩大筹措资金的范围成立了募集资金委员会，她自告奋勇地担任委员长，还制定了募集4000万日元的目标，一次艰难的募集活动拉开了帷幕。

在日本，为七三一部队罪证陈列馆的保护和开发募集资金，也就是为证实日本侵略罪行募集资金，这也只有山边想得出、做得出，而且做得成。为了得到更多的人理解和支持，他们到处收集信息，尽量多参加各种和平团体的活动，还要争取在活动中发言，阐明保护开发七三一遗址和募捐的意义。有的时候没有机会在会上发言，她就在会场外摆一个摊，向人们展示宣传资料和书籍，借机进行义卖和捐款活动。在日本，参加和平运动的多是普通的市民和学生，他们都不富有，即使捐款也就是500日元或1000日元。山边就是这样，每天吃着从家里带的盒饭或米饭团，不辞劳苦地四处奔波，一次次地把募集到的钱捐给正在筹建的七三一陈列馆。

就在山边全身心投入到七三一研究和为遗址保护开发募捐的同时，她又发现了日军侵华战争期间遗弃生化武器造成中国平民伤亡的事件，这引起了她的极大关注。1995年7月31日，为纪念反法西斯战争50周年，七三一陈列馆和日本日中友协等机构在哈尔滨举行了"反对侵略，维护和平"座谈会。就在山边老人发言阐述对"牡丹江毒气案"的看法时，应邀参加会议的仲江腾地站起来，我就是仲江。在听了仲江受到毒气伤害的悲惨境遇，山边不断地抹着眼泪，"我一定要帮你向日本政府讨个公道。"从这一刻起，仲江成了中国日军遗弃化学武器受害者跨国诉讼第一案的原告第一人。

这就是山边悠喜子，曾经的中国人民解放军战士。

为了七三一，为了她心中崇高的和平事业，她这些年一直节衣缩食，过着外人难以想象的简朴生活。现在又担起了仲江的跨国诉讼案，她再也拿不出钱来了，于是她想出了一个办法，一个唯一的办法。她和丈夫一商量，把房子给卖了。他们原来住的房子在市区里，是套大房子，出来进去也方便。而现在住的东京都八王子市的高尾，位于东京西部的边缘，是上个世纪50年代建设的住宅区，房间狭小，设施老化，一进门就觉得憋憋屈屈。看着这间按中国的标准只能算一居室的房间，前去拜访的步平不禁眼睛湿漉漉地鼻子发酸。

"你们坚持在日本常年搞七三一部队展，每次都顺利吗？"

对步平的这个问题，山边回答得很平静。"我们到处举办展览，参观的人很多，场面很热闹，因为日本国民反省七三一罪恶的情绪越来越高涨。但有时也不顺利。你在这办展览，右派的人也来开会，想方设法地阻挠我们的展览。比如七三一陈列馆的金成民馆长到日本讲演的时候，右派的人就在外面嘎嘎嘎地叫，还说这些中国人是来侮辱日本的坏人，噪音特别厉害，屋里讲演的声音都听不到。"

"现在的日本年轻人，对七三一的历史了解多少？"

"现在的教科书里头，七三一部队的事情几乎全没有了。有的老师愿意把二战期间的一些事情告诉学生，有的大学有这样的研究俱乐部，有的学生知道一些，但这不是正式的课程。"

"您这么多年研究宣传七三一，有没有受到过威胁？或者遇到过危险？"

"无所谓。我已经80岁了，不用考虑找工作什么的，可要是像你这样的年轻人，天天宣传七三一，那就会有麻烦，你会连工作都找不到。像我刚从中国回来的时候就受到歧视，找不到工作。好多年轻人为了自己的家庭，为了自己的生活，想做是想做，但是没办法参与。战争结束

65 周年了，你看日本政府，到现在也没有一句话的谢罪，对那场侵略战争不承认，政府的这个态度对我们打击非常大。日本政府必须向中国人民谢罪，然后赔偿，这是应该的。日本前首相村山富市曾经到过卢沟桥，承认侵略战争。嘴上说是说了，可是说了之后有什么行动呢？什么行动也没有。很多七三一受害者起诉过日本政府，可都是败诉。这是世界公认的一个事实，为什么还会败诉？这就奇怪了。日本政府不承认，所以司法部门也不承认。"

"那您认为日本政府应该怎么做？"

"我们认为，七三一是一种国家性犯罪，应该是日本政府首先表态，承认事实，向被害人谢罪。比如说七三一部队遗址，应该是日本政府主动反省过去，来保护这个遗址。可是日本政府一直装作不知道，什么也不承认。我作为日本人，实在是忍不住。七三一陈列馆做得越来越好，这样也能给日本政府一种压力。石井四郎并没能把秘密带进坟墓，我坚信总有一天，日本政府会承认这个秘密。"

四、谢罪与不战和平之碑

日本 ABC 企画委员会是日本民间反战和平友好团体，它是英文 Atomic, Biological and Chemical 的缩写，宣示着这个团体组织反对核武器、生物武器、化学武器的宗旨。它的前身是七三一部队展全国实行委员会。我在写这个故事的时候，查阅到属于这个委员会的两份文件，是两份申请书。我看过申请书放下，心却放不下，咚咚咚跳得很厉害，因为我怎么也想像不到这申请书是出自日本人的手笔。

申请书

黑龙江省对外友好协会日本处各位：

关于建立殉难碑的事宜是非常重要的，因为我们认识到对"殉难者"只通过一次的哀悼是难以尽诉我们加害国所犯的罪行的，所以我们倾注了谢罪和不再战的信念，一定要用日本人的力量来建立一座谢罪碑的想法更加坚定了。

我们充分理解中国方面希望为后人留下一座没有耻辱感的纪念碑的意向，如果有能力的话我们也想这么做，但是在迎接战后60周年的今天，我们还是希望在我们力所能及的范围内建立一座谢罪碑。

这虽然只是我们日本一方的主张，但仍请贵方予以理解。因为那是在中国的土地上由当地的人民保护下来的东西，不能只主张我们的意向。所以今后我们要紧密的联系，研讨相互间的意向，找到最妥善的方法。今后，为了建立一座双方都能认可的谢罪碑，请贵处给予指导。

申请人：矢口仁也　和田千代子　山边悠喜子
2005年1月26日

由加害国的和平团体向受害国申请建立谢罪碑、为在受害国遗留的侵略罪证申报世界文化遗产，这在当今世界是一件绝无仅有的事情。在这一事件中，处处都有山边悠喜子的影子。

建立一座谢罪与不战和平之碑的设想，就是由山边等人首先提出来的。山边在青年的时候，就随着共产党的军队走遍了半个中国。80年代以后，为了考察研究七三一战争罪证和细菌战、化学战遗弃武器伤害平民的证据，她又跑遍了中国大江南北的几十座城市，她对中国的理解一如对日本的理解，她对中日和平的理解是中国人和日本人的总和。在中国有九一八纪念碑、有南京大屠杀纪念碑、有七七事变纪念碑，在奥斯维辛有比克瑙法西斯受害者纪念碑，在日本的广岛原子弹炸点也有一座和平纪念碑。七三一没有纪念碑，这不符合它的历史地位和现实意义，谢罪碑的雏形就这样在山边和ABC企画委员会其他骨干成员的头脑中萌生出来。

ABC企画迅速行动起来，在全国范围内开展了募集捐款的活动。在经过广泛的交流讨论，得到了相关赞助方的认同，并与专程赴日的金成民馆长就立碑的地点、碑文、形状等具体事宜进行了磋商，于2010年

8 月 15 日正式确定为谢罪与不战和平之碑。

这是一件具有重大历史意义的事件，而 2011 年 7 月 9 日又是这个事件具有重大意义的一天。这一天上午 10 点整，谢罪与不战和平之碑揭幕仪式在七三一陈列馆第二保护区遗址隆重举行。金成民馆长早早就起来，他最担心的是天气。以往有日本人来参观，多数天气都不好，不是下雨就是下雪，以至于森村诚一 30 年前来访时，面对阴雨而忧心忡忡，是不是死难者的灵魂不欢迎日本人来访呢？他抬头看看天，心情一下子晴朗起来，虽然天气预报说部分地区阴有小雨，可平房的天空却没有一丝阴云。七三一遗址群北侧绿荫环抱、平时寂静的小广场上一大早就有人忙碌起来。从广场上挂起的横幅一看便知，这里将要举行的是"谢罪与不战和平之碑"在日本七三一侵华日军部队遗址群的揭幕仪式。

侵华日军第七三一部队罪证陈列馆馆长金成民首先在仪式上讲话。七三一部队遗址作为世人反对战争、倡导和平的圣地，得到全世界爱好和平人士的共同关注。多年来日本众多的有识之士与我们共同努力，推进了遗址的保护事业。"谢罪与不战和平之碑"的设立，将有着重大的特殊意义。在建设过程中所进行的宣传、募捐活动，团结了更多的和平人士，壮大了世界和平力量。

日本 ABC 企画委员会代表矢口仁也先生在讲话时显得有些激动。"惨遭七三一部队杀害的三千多位烈士，请接受我深深一礼！我们的愧疚之情难以言表。希望借此谢罪之碑让大家感受到我们谢罪的诚意。"日本普通市民为表达作为加害方的诚意，决定建立谢罪纪念碑。去年，正值日本战败 65 周年之际，此愿望得以实现。谢罪纪念碑有幸在此建立，要感谢中国政府、黑龙江省及其各相关单位和有关人士大力支持与协助。但此碑的建立完成并不意味着完成谢罪，得到谅解，我们要以此为新的原点，继续为中日友好作出努力，只有这样，才能得到各位的信任、才能加深友谊、缔造和平、共创子孙后代的美好未来。

88 岁的矢口仁也老人在讲话结束后，仍然精神矍铄地向围拢过来的记者们回答问题。他告诉记者，日本 ABC 企画委员会一行共计 19 人，年龄最高的为 91 岁，最年轻的 53 岁。他们分别来自日本不同的地方。

包括：神奈川、东京都、千叶、秋田、琦玉、群马、冈山、山形、群马。

"谢罪与不战和平之碑"的建立意义重大，这必将对日本政府早日承认七三一部队罪行起到积极的促进作用。而以日本民间的角度建立"谢罪与不战和平之碑"，既表达了日本民间力量深深的谢罪之意，也表达了中日两国人民心向和平、期盼和平的强烈愿望。

谁也没有想到，这个事件的结尾因悲壮而震撼人心。失口仁也先生临走时跟金成民说，我要活到100岁、110岁，我一定要看到日本政府向中国人民谢罪的那一天。但是他的宏愿没能实现，在回到日本的第二天就离开了这个世界。他是一边饮着酒静静地谢世的，人们发现他的时候，他还坦然地直坐在椅子上。

ABC企画的骨干成员元山俊美先生，在他80岁生日时来到中国，在湖南祁阳县亲手种下象征和平的樱花树后，回国不久就去世了。山边无比伤感地说，元山去世了，这个世界上，了解战争真相的人又少了一个。在她把丈夫山边贤藏的骨灰撒在长白山上的时候，她对着群山说，贤藏还没有看到中日之间真正意义上的友好现实就先于我们而去了，一想到这里，我就感到十分的遗憾啊。但这次对矢口仁也先生谢世，她什么也没说。

山边悠喜子啊，一位已经86岁的日本老人。

第六篇
一切为了人类和平

一、档案馆里的"格斗"

把查阅档案说成是跟档案"格斗",这是美国著名记者、作家约翰·威廉·鲍威尔先生对查阅档案的艰辛的生动比喻。1981年的秋天,鲍威尔先生在美国华盛顿的宾夕法尼亚大街的国立档案馆里同汗牛充栋的档案资料进行"格斗"的时候,在中国东北五常县一个朝鲜族小村里,瘦小的穷苦少年金成民,正在点灯熬油地备战高考。一年后,当日本的大作家森村诚一为了完成《恶魔的饱食》飞越大洋来到侵华日军七三一部队本部遗址考察时,金成民走出穷困的村庄风尘仆仆地迈进哈尔滨师范大学的校园,成了一名专攻历史学的大学生。在首任馆长韩晓为筹建七三一罪证陈列馆而废寝忘食地东奔西忙时,他正埋在书本里为四年的学业孜孜以求。就在韩晓为四处招揽人才无果而忧心忡忡的时候,大学毕业的金成民简直就是如期而至,他被分配到位于平房区的哈尔滨市第24中学任教,他人生的脚步不知不觉的离七三一研究越来越近了。终于,在这个年轻的历史教师关注起七三一的时候,韩晓也发现了他,短暂的见面,简单的交谈,一个愿意要,一个愿意来,两个人一拍即合走到了一起。很快,韩晓的麾下就多了一个名牌大学专攻历史的大学生。在他调入七三一陈列馆的第七个年头,也就是1997年的深秋,他以一名普通研究人员的身份,奔走于多家档案馆,与堆积如山的敌伪遗留档案展开艰辛的"格斗"。这场"格斗"跟当年的约翰·鲍威尔先生揭开了美日秘密交易放纵战犯石井四郎的黑幕一样,最终以获得重大发现的胜利而告终。他经过三个多月大浪淘沙般的细细翻阅查找,终于在黑龙江省档案局发现了日本关东军日文原始的"特别移送"秘密档案。所不同的是,这场"格斗"离约翰·鲍威尔那次过去了整整16年。

金成民出生在黑龙江省的五常县。他刚上初中的时候,看着学校的牌子想,我们这个地方为什么叫五常呢?问同学不知道,问了几个大人也不知道,他就跑到图书馆去查县志,这才弄明白五常县名来源于儒教三纲五常的五常,即仁、义、礼、智、信。清咸丰年间放荒开垦,陆续建立举仁、田义、崇礼、尚智、诚信五个社,就这样把这片地域叫做五常堡，设治时沿袭五常之称。一个县名考究起来竟如此复杂，研究历史给少年的金成民带来了无穷的好奇和趣味。回到家里，他庄重地宣告，我要考大学，要考历史系，要当历史学家。爸爸妈妈都感到疑惑，这孩子怎么跟历史干上了？金成民后来真的跟历史干上了，而且干出了大名堂。

他走进黑龙江省档案馆的时候还是闷热的天气，榆树茂密的叶子和飞来飞去的小鸟叽叽喳喳地乱作一团。他从档案里抽出身来一边抻着懒腰一边踱步窗前，这时他才留意绿色的榆树已经干枯，金黄的叶子被秋风一片一片地吹落。他深深吸一口气揉揉太阳穴，好让昏沉沉的脑袋清醒一些。都说功夫不负有心人，可三个多月过去了，"特别移送"的有关资料为什么还没有挖掘出来，难道它真的被石井四郎全部销毁了吗？或者它根本就不存在？"特别移送"是关东宪兵队的重要军事行动，范围广、战线长、时间跨度大，不可能没有实施计划和具体执行的规则，在实行过程中，也不可能没有相关手续和档案记载。档案资料一定存在，这是金成民的判断。其实在此前中央档案馆和黑龙江省公安厅日伪档案资料零散的发现中，已经说明了这个问题。而且日军溃逃仓促，七三一部队规模庞大，机构复杂，人员众多，在当时的混乱状态下，有些命令得不到执行或执行不彻底的情况时有发生。所以，"特别移送"档案没有全部销毁的可能性是存在的。只要这个可能性有百分之一，那就要尽到百分之百的努力，这是一个成功的历史学家必须具备的坚韧品格。他拍拍脑门咬咬牙，转身又钻进档案里继续翻阅，翻阅那些似乎永远也翻不完的档案。

突然，在一本发黄的档案左上角，一枚"特移扱"字样的长方形印章闯入了他的视线。他晃了晃脑袋，又眨了眨眼睛，以为出现了幻觉，再定睛一看，这千真万确是一份完整的日文原始的"特别移送"档案。他真想张开双臂仰天长啸，可在档案馆这讲究肃静的地方不合时宜。他站起身来握紧拳头，紧盯着"特别移送"报告右上角圆形的秘字图章良久良久，石井四郎这个恶魔，你要带进坟墓里去的秘密中的秘密，现在就攥在我的手里。

这次查找到侵华日军关东宪兵队"特别移送"案件31起，都是宪兵队审讯被捕人员的详细经过及向上级要求特别移送的报告的原始记录，共计15万余字。新中国成立以后，在中央档案馆及黑龙江省公安厅日伪档案中，有关"特别移送"的资料也有一些零散发现，但如此完整及成规模的发现尚属首次。从文件的形式内容看，每一件包括被捕人员的姓名、别名、性别、工作名、身份、原籍、国籍、年龄、被捕理由、经过、时间、地点，还有被捕人员的活动地点、路线、关系人、收集日伪情报的情况；被捕人员受教育程度、收集情报手段、范围；出入苏满次数、宪兵队的处理意见，有个别案件还有活动地图及照片。最后一页是关东宪兵队"特别移送"指令书。

黑龙江省档案馆对这一档案的利用成果给予高度重视，立即组织人员继续搜集这部分资料，后来又陆续发现几件。共发现侵华日军关东宪兵队"特别移送"档案66件。档案中记载各宪兵队请示实施"特别移送"处理的爱国抗日者共计52人，其中经关东宪兵队司令签发指令的有42人。

1999年8月2日，黑龙江省人民政府新闻办公室召开记者招待会，向社会公布有关"特别移送"档案的内容。2001年12月，黑龙江省档案馆、黑龙江对外友好协会与日本ABC企划委员会共同编辑出版了中、日两种文字的《七三一部队罪行铁证—关东宪兵队"特别移送"档案》一书，公布了这批档案资料。书中就66件档案中的51件进行了原件登载。

哈尔滨市社会科学院院长鲍海春对"特别移送"的发现给予高度赞扬。金成民先生发现的这16万字的日文原始档案，是七三一研究史上的一次最重大发现，是能够证明七三一部队用活人进行细菌实验的最有力的罪证史料，从而极大地推动了七三一研究的发展。

"特别移送"，也称"特别输送"，日文称"特移扱"，它是由日本关东军司令官植田谦吉、参谋长东条英机、关东宪兵队司令官田中静一、警务部长尾荣次郎及七三一部队的部队长石井四郎等秘密策划的。1938年1月26日，由日本关东宪兵队司令部警务部下发了第58号文件，规定并实行"特别移送"。日本宪兵队机关和伪满当局根据七三一部队的要求，经常把他们认定的重犯，不提交法庭审判，秘密押送到七三一部队，供细菌实验之用。被押送的人大多数是被俘的八路军、新四军、苏联红军以及反满抗日地下工作者等。在运送期间，日本宪兵队给被押送人员规定了一个专用名词"特别移送"。"特别移送"范围先是在石井部队，后又扩展到侵华各细菌部队以及日本在华的医院。

这些资料的发现、公布，将置日本政府无法推卸责任的地位，令日本的右翼反动势力再也无法狡赖了。同时对那些被害的抗日先辈及其后代们是一个极大的安慰，使先烈的家属终于在几十年后知道自己的先辈们是为反抗日本法西斯而惨遭杀害，为死难的先烈申诉了血海沉冤。专家认为，关东军这样的绝密文件大部分在战败溃逃前都集中销毁了，未能销毁的类似文件大部分被苏联红军收缴带走，类似这样的材料能保存至今，非常难得，实属珍贵。

"特别移送"发现公布于世后，引起国内外舆论的极大关注，七三一部队罪行又一次成为世人关注的焦点，中央电视台新闻联播，日本 NHK 及各地方电视台、《人民日报》、《中国日报》、《环球时报》、《朝日新闻》、中央电视台"军事报道"节目等都进行了报道或专访。

二、把英名还给英雄

"特别移送"案件中所涉及 52 人，都是国际反帝情报组织成员，都是以情报员、联络员身份被捕的地下抗日工作人员。而且都是与前苏联比金、图里罗格、伊曼、符拉迪沃斯托克、哈巴罗夫斯克等国境警备队情报部或谍报部有联系的人。有的人员亲自去苏联达 10 次，有普通身份人员，也有伪满警察队员。许多人都以杂货商、果物商、饮食店主、工人、农民为掩护职业，绝大多数是坚定的反满抗日优秀志士。从各地宪兵队报往司令官文件中的移送理由来看，有许多都是这样写到"此人头脑清醒，生性顽强，保留下来对日满危害极大，特别移送最为适当"的字样。毫无疑问，这样的人肯定会得到司令官的移送批准。实际上，被移送的人员主要都是抗日优秀人士，包括被俘的八路军、新四军战士，地下共产党员，国民党员，及其他反满抗日分子，也有部分普通的无辜百姓。

"特别移送"档案的发现，还澄清了许多历史上的悬案。在66件档案中记载的52名爱国抗日者，每人都是鲜血书写的人生，是金成民的重大发现，才使他们浮出战争的尘埃，越过半个多世纪的历史云烟，从秘密中的秘密走来，让后人看清了他们真实的脸庞。从2000年10月开始，黑龙江社科院用了近两年的时间，四处奔波走访调查取证，终于寻访到20多个日本军细菌战人体实验受害者的遗属和知情人，其中有李厚宾、王振达、朱云岫、朱云彤、唐永金、刘文秀、安红勋、桑元庆、林向阳、王乐甫、闻德清等11人的妻子儿女等直系亲属和兄弟姐妹、侄子、孙子还健在，他们字字血声声泪地控诉了日本宪兵队"特别移送"的罪恶。

"特别移送"档案拂去了历史的尘埃，露出了历史的真相。在发现了"特别移送"档案之后，研究人员进行了日军细菌战研究历史上规模最大的实证调查。经过研究人员的调查，一个个抗日英雄从历史昏暗的盲区走向了前台，那些英勇悲壮的故事记下了当年的烽火硝烟。

鸡东地区是东北著名的革命老区，抗日战争中这里烽火连天，不屈不挠的人民在中国共产党的领导下，同侵略者展开了艰苦卓绝的英勇斗争。王明生就是生长在哈达河畔的抗日英雄。

王明生是鸡东县哈达镇山河村一户农家的儿子，由于他天生聪颖而颇得父亲偏爱，虽然有兄弟姐妹，可父亲却只把他送去读书。1932年秋天的一个夜晚，他在一个农友家里遇见一位老大哥，这人热情亲切，说话不绕弯子，开口就讲抗日救国的道理。鬼子打到了家门口，中国人都成了亡国奴，不团结起来跟他们干，怎么能把他们赶出中国去？王明生读过书，早就有不当亡国奴的进步思想，当时就答应跟着这个大哥抗日救国。后来才知道这位大哥叫张墨林，是刚刚来到哈达河的密山县委的副书记，也是密山抗日救国总会的会长。经张墨林批准，王明生秘密加入了密山抗日救国会，这一年他只有十六岁。他有文化又机灵，很快就担当起了秘密交通员的任务。从那以后，王明生经常外出，有时一走就是几天、十几天，家里的人起了疑心。有一次他回到家被父亲王兆金狠狠地训了一顿："你整天东奔西跑，不着家，你偷偷摸摸地干什么？"王明生不紧不慢地说："我的事您老就别管了，反正我没干坏事。我保证对得起祖宗、对得起父母、对得起乡亲，以后您会知道的。"

可是父亲并不知道他在战火硝烟的残酷斗争中加入了中国共产党，1935年担任抗联第三军第四师保安连连长。在他的影响下，弟弟也参加了抗联的队伍。他神出鬼没，英勇善战，率领他的部队给日军沉重的打击。

这时日本特务机关捕捉到了王明生是抗联战士的消息，就派人到王家向他父亲王兆金要人，并放出狠话，如果不交出两个参加抗联的儿子就杀了他全家。当时的中共密山县委就在哈达河头段，也就是今天的鸡东县东海镇。县委领导得知这个情况后，立即派人通知王兆金全家赶快撤离。

1936年农历六月初的一天夜间，密山县委派人来接应他们撤离。王兆金套上牛车，装些粮食和简单衣物，由县委的人带路，整整走了三天三夜，到达抗联驻地勃利县小茄子河。抗联三军四师的陆希田团长和陈文生主任热情地接待了他们。随后陈主任安排王明生的父亲王兆金、弟弟王明德在抗联驻地种菜兼送情报，王明生的母亲、弟妹和妹妹被安排到第四军密营被服厂做军衣。就这样，在日本侵略者的白色恐怖之下，迎着战争的血雨腥风，王兆金一家五口参加了东北抗日联军。

1941年5月，王明生和抗联队员朱云岫在执行任务中突然失踪，只听说有人看见他们被日本人押上了开往哈尔滨的火车，再就没有任何踪迹可寻。抗联在找，家人也在找，但王明生和朱云岫还有朱的哥哥朱云彤如同人间蒸发一样再也没有消息。一个抗联的热血战士，就这样没有了踪影，他的家人在痛苦中承受着难耐的现实。一个抗联的热血战士，一个让侵略者胆寒的战斗英雄，难道他的人生就这样用失踪画上句号吗？

抗战胜利后，苏联红军曾派一名上校向中国军方虎林县驻军打听一个叫原美臻的人，说苏联元帅、总参谋长华西列夫斯基要亲自接见他。

当听说原美臻在 1941 年被关东宪兵队抓走再无音讯，很可能已经牺牲的回答后，这位苏军上校非常感慨地说，太遗憾了，原美臻先生的情报太重要了，能顶五个师的兵力。

原美臻是抗联第七军司令部的参谋处处长，抗战期间他在虎林头道街开了一家名叫原家馆子的饭店，以店老板的身份作掩护，在抗联第七军虎林办事处主任、独立团政委毕于民的指挥下开展情报工作。他自学了简单的俄语，多次往来于中苏秘密交通线上传递情报。在苏联红军向盘踞在虎林的日军进攻时，正是此前他传出的有关虎林要塞的重要情报，使苏联红军只用十五分钟就打过了乌苏里江。这才有了苏联元帅要亲自接见他和评价他的情报能顶五个师的后话。原美臻是在 1941 年 8 月 17 日，由于叛徒出卖，他在虎林县虎林街的安乐区被虎林宪兵分队秘密逮捕的，从此山高水长，不知去向。

战争结束了，新中国成立了，解放了的人民过上了幸福的生活。但是这些被日寇抓去的抗战英雄们却一直没有回来，如果牺牲了会有消息，如果逃脱了也会有消息。父母等儿子、妻子等丈夫，等到离开了人世也没有等到消息；孩子盼父亲，盼到头发白了也没盼来消息。这些在民族危难的紧要关头敢于挺身而出浴血奋战的英雄们，究竟去了哪里呢？

时间走到了 1997 年 12 月 10 日时并没有停留，但这一天发生的事情却足以使它永远定格在七三一研究的历史上。因为这一天金成民穿过时空隧道，拨开过往云烟，在历史长河的淤泥中挖出了这些英雄们气壮山河的故事，挖出了他们光彩照人的英魂。这一天距他们被日本侵略者杀害，过去了整整五十六年。

在"特别移送"档案中，王明生的名字赫然在案，只是他当时为了保密而使用了王振达的化名。在东安宪兵分队、东安宪高第 164 号《关于扣留审讯苏联谍报员王振达情况的报告》中的经历与事件概要中写有："……遂举家投匪。"还有"……率部下三十人，在密、勃县境内活动近七个月左右。此间，袭击了密山县四人班村，绑架人质，掠夺财物等，极为残暴。"在该人的处置中写有："从前干抗日匪时袭击村落、绑架人质等，极其残暴。""该人的谍报活动是积极的，对我方实为大害，应该作特殊移送处理。"在这段文字中，把王明生称为"抗日匪"是对他抗联战士身份的最准确定性，而"对我方实为大害"几个字，完全可以证实王明生就是一个冲锋陷阵给侵略者以沉重打击、让日寇闻风丧胆的抗日英雄。

当年王明生被日本人抓走后一直没有音讯，60多年来，全家人所背负的被怀疑、被冤枉、被歧视、被刁难、被压制，甚至是生与死的折磨，他们所遭受的苦难令人难以想象。1964年夏天，已经73岁的母亲王于氏病危时，别的什么也不说，嘴里就是念叨着："王明生啊！王明生！你上哪儿去了？你怎么还不回来看看妈妈呀！妈妈想你呀！你快点回来吧！"可怜她老人家直到死也合不上眼，也不知道她最喜欢的二儿子王明生是被日本鬼子用最残忍的细菌实验活活地害死了。

在得知二叔王明生牺牲真相的第三天，王选财买了几样供果，顶着瑟瑟秋风，骑了三个多小时的自行车，来到了位于鸡东县前卫乡道背岭的王家祖坟，告知爷爷和奶奶、父亲和母亲他二叔王明生的下落。他跪在墓前，失声痛哭，"爷爷、奶奶，爸爸、妈妈，你们盼望了一辈子我二叔的消息，现在终于有下落了，他是在1941年5月3号被日本鬼子抓走后，在遭受毒刑拷打后宁死不屈，被万恶的鬼子送到哈尔滨侵华日军七三一部队用活体细菌实验给残忍地杀害了。他在被捕后表现的非常坚强，更没有叛变投敌，他不是叛徒，他也没给我们王家丢脸，他死得非常壮烈，死得值得，是我们王家的光荣，你们就安息吧！"

由于"特别移送"档案的发现，原美臻也从历史的迷雾中走了出来。2011年4月，鸡西市民原明从市民政局领取了黑龙江省人民政府批准的证明爷爷原美臻是革命烈士的《革命烈士证明书》，上面写着原美臻因从事地下抗日活动，1941年9月13日，被日本宪兵队以"特别移送"七三一部队作人体实验致死。原美臻的后人们拿到这份沉甸甸的《革命烈士证明书》，悲喜交加，他们终于可以告慰先人沉冤七十个春秋的英灵，他是为中华民族的解放事业而英勇牺牲的抗日英雄，他应当得到人们的尊敬。

王照生和原美臻战斗和苦难的一生，是那场战争中牺牲的无数抗日英雄壮烈人生的缩影。我曾问过金成民，怎样看待"特别移送"档案的发现对七三一研究的贡献。他一边给我沏茶一边晃晃脑袋，啥贡献不贡献的，我不过是把真实还给了历史，把清白留给了人间。

三、跨国取证

"到了抢救七三一的时候了，再晚了就来不及了！"每当金成民说这话时，都会显得急躁和焦虑，顿失学者的文雅和沉稳，他确实急了，有点沉不住气了。

1998年5月应邀访问日本时，他在东京见到了著名的三尾丰先生。虽然樱花节刚过去，但空气中还流淌着花香。三尾丰先生瘦瘦的，腰杆直溜溜的，看他待人热情和蔼的那股劲和微笑时坦露出的诚恳，让人怎么也无法把他跟曾经杀过人的战犯联系起来。说他著名，是因为他传奇的人生。侵华战争中，他在大连当过宪兵，亲自把4名抗日志士"特别移送"到七三一部队杀害。战后他被关进了抚顺战犯管理所接受改造。回国后担任反战和平组织"中国归还者联络会"常委兼东京支部长。1972年他第一次回中国访问时，受到了周恩来总理的接见。此后，他多次到中国向被他杀害的死难者亲属谢罪。由于见面时间仓促，金成民与三尾先生约好下次来日本时再就"特别移送"档案的相关问题深入交流探讨。但两个月后金成民再次访问日本时，三尾丰先生已经去世了。

遗憾之余，跨国取证的构想也在他的心里萌生，这是抢救七三一罪证最紧迫的事情。那场战争已经过去50多年了，当年的老兵既使活在世上，至少也七、八十岁了。当时健在的日本原七三一部队老兵还有400余人，其中一些人愿意在自己离世之前，把当时的事情说出来，让世人知道七三一部队的秘密。随着岁月的流逝，这些老人会越来越少，所以，再不抢救就来不及了。紧迫感压得金成民喘不过气来。回国后他就开始为跨国取证而四处奔走，在各方有识之士的赞同帮助下，经过两年多的不懈努力，在2000年的夏天，由七三一研究所和哈尔滨电视台、哈尔滨日报组成的联合跨国取证小组终于成行，完成了这次具有历史意义的世纪末的证明。

跨国取证小组赴日期间，日本多家友好团体的友好人士四处联络查找、商谈，在联系到的 42 名原七三一部队队员中，有 11 人愿意在中国人面前陈述当年的历史。就在他们到达日本之前，又有一名原队员患病去世了，还有一人因精神郁抑病住进医院，医生不许任何人访问，所以最后只有 9 人真正面对中国的学者和记者，勇敢地在摄像机前讲述了极有价值的历史证言。这一被中央电视台称之为世纪末的证言是揭露七三一部队核心密秘的重要史料，成为研究七三一的宝贵财富。金成民在接受媒体采访时感慨万千。这 9 位老人在作证时所表现出来的对中国人民内疚、忏悔，所表现出的来自心灵深处的责备，能看出他们几十年来心理的压力和内心的痛苦。从他们勇敢地站出来叙说事实的行动，也真正体现了人性的真正含意，毕竟向往和平是全人类永恒的主题。

这次跨国取证，还第一次由亲手主刀进行活体解剖的刽子手，面向世界供述了骇人听闻的杀人过程。

汤浅谦曾是侵华日军山西路安陆军医院任军医，他向金成民讲述了一段毛骨悚然的往事。"大约是在 1942 年 3 月中旬的一天，医院院长在食堂对我说，下午要进行一个手术演习，都到手术室集合。吃晚饭我到院子里去，发现没有一个中国人，一打听才知道，要是中国人进入这个院子，被士兵发现就要送进宪兵队，拷问完了就会被杀掉。到了规定的时间，我去了解剖室，见三十六师团的军医部长、医院院长都来了，我向他们敬了军礼。这时我看见一位中国人，有三十多岁，高个子，长着络腮胡子，看样子是八路军的干部。还有一位中国人有五十多岁。解剖室里有两张手术台，摆着刀子、剪子之类的手术工具。在场的军医、护士都一个个笑嘻嘻的，丝毫没有恐怖、可怕的气氛，都把活体解剖当成军医的演习、练习罢了，而不是杀掉两个人的问题。如果谁敢表示异议，那就要受到处分，或者被撵回国内，被认为是不支持战争的'非国民'。"

"这时院长说，开始吧。一位卫生兵就上前动刀，嘴里还调侃着，我这也是没有办法啊什么的。手术开始了，根本就不做消毒，院长在一边说，反正是要死，消什么毒。进行麻醉不是为了减少痛苦，而是为了试验麻醉的功能，一边施麻一边问痛不痛，等到俘虏说痛时，才实行全麻。本来应该慈祥的护士也在调侃说，睡吧，睡吧。"

"在日本军队里充当卫生兵的人，不过有一两年的工作经历，不能做手术的军医很多。这次操刀的卫生兵就是一个新手，先作切盲肠的手术，一次没找到，两次没找到，结果割了三次，好不容易把盲肠取了出来。接着又作胸部重伤手术练习，目的是把胸部的子弹取出来。然后又是截肢手术，把一只胳膊切下来，然后缝合、包扎。此外还作了肠子负伤的手术、气管切开手术等等。"

"手术搞了一个半小时结束，军医部长、院长走了，我就和几个卫生兵继续练习。我们进行了心脏注射练习，因为注入了空气，那个人现出了痛苦的表情。我又用5CC的注射器向其血管里注射，刚注射了2.5CC，那人就咳嗽起来。"

"军医院每年春、秋两季都要搞这样的练习，每次用两名中国人。我曾教过二十几名卫生兵的解剖课，虽然有人体解剖图和模型，但是，为了让卫生兵更好地掌握和记忆，我就拜托宪兵队抓来4名中国人做活体解剖练习。"

"还有一次，接受院长的命令，为了一家西洋药会社，可能是制作喘息性类风湿的药物，把一名中国人的脑子给取了出来，然后装入容器送回国内。活体解剖不仅我们医院搞，其他医院也搞。不是1942年就是1943年的一天，各地四十多名军医集中开会，会后军医部长说，一会让你们看一场好戏。午后，军医们都被叫到解剖室，绑来了4名中国人都带着眼罩。军医部长不由分说，掏出手枪，把子弹射入中国人的胸部，然后说，把子弹取出来之前，不能让他们死掉。当时既没有血浆、氧气、镇定剂之类，也不进行麻醉，就这样开始了取子弹的练习，这不就是40多名军医集体杀害4名中国人的犯罪吗！关于活体解剖，我在学校时听前辈军医讲过，心里有些讨厌。但当时是军国主义的时代，学校的教育都是军国主义的东西，至于人道什么的，根本不去考虑，杀掉俘虏是件很寻常的事。"

　　说到这，汤浅谦老人摘掉眼镜擦泪，记到这，金成民停住笔，尽力控制住不断颤抖的手。

　　"我一共杀了14名中国人，这个罪我是承认的。现在回想起来，是战争把人变得可怕，变成了魔鬼。日本军的人道犯罪是不能容忍的，日本的集团残暴犯罪是不能容忍的。可是在日本，对于战争的认识还很肤浅，有些人认为那是战争，杀人是当然的。还有的人不承认，杀了那么多人能不记得吗？这是最危险的，不了解战争，不认识战争是可怕的。前年，中国的江泽民主席来日本的时候，提及战争历史问题。日本的舆论机关不以为然，说什么不要讲这些，就是不认账。最近森喜郎又提出神国论，新闻不发表反对的声音，和战前一样，没有改变，这是最危险的，令人担忧啊。"

　　跨国取证取得了巨大成功，产生了强烈的社会反响。中央电视台焦点访谈、东方之子、东方时空、黑龙江电视台、新华社、韩国国家电视台KBS、日本NHK电视台、荷兰国际电视台、英国BBC电视台等媒体都对金成民进行了专访或报道。在这段时间，金成民说得最多的话就是"这不是我个人的成功，这是中日两国和平力量的成功，是中日两国人民的成功，是人类良知的成功。在中日两国的人民中间，特别是在日本人民中间，知道七三一的人越多，七三一悲剧重演的可能性就越小"。

　　这次跨国取证中出面作证，公开道歉的原七三一队员尾原竹善先生，他在接受中央电视台主持人白岩松采访时，表白了深藏的心迹。"战争虽然结束了，但在那之后的岁月里，怎么也没有办法把七三一部队忘却掉，七三一的事情总在我的脑海里，有时候一天能回想起好几次。原因就是安达实验场用活人做实验的情景，你明白吗？我无法从脑海中忘掉，它让我无法入眠。于是我从医生那里开了安眠药，一直依靠它来生活。我曾经祈祷，当年死去的人不要再出现在我的梦里。也曾经跪在地上祈祷，可那些冤魂偶尔还会出现。直到我把以前的事情都说出来，我的心情才变得轻松了。对于七三一的事我一直在沉默，军队的命令让我们不许说出在七三一服役的事，也有原部队的人给我打电话，告诉我不能说出那些事，而我自己也确实不想让人知道这段经历。我不想让人知道有我这样的人存在，不想让人知道我曾在七三一部队呆过，于是我把名字都改了。我能出来作证，是因为我们让中国人民经受了很多的苦难，非常的对不起。"

节目要结束时，主持人白岩松的情绪有些激动。"很多犯下罪行的老兵，他们的人生已经到了最后的阶段，随着他们陆续告别人世，历史的证词也就被一一带走，这是很多人非常担心的事情。但愿有更多的日本老兵在良心的召唤下把证词留下，也让自己在和这个世界告别的时候，内心多一些平静，也让历史恢复真实。"

看到这里，电视机前的金成民眼睛模糊了，他这时也和白岩松一样动情。他永远也忘不了支持跨国取证的日本友人栗原透先生的忠告："七三一的老兵几乎每天都在死去啊。"他终于用自己的不懈努力，成功地抢救了七三一的罪证，让日本当年的七三一原队员出来作证，还原那段真实的历史。

四、追踪罪恶的苦旅

金成民用尽了他生命中的全部精力和智慧苦苦地追踪七三一的罪恶，纵然迷雾重重，哪怕千里迢迢，他都会追踪而去，一追到底，用获得的确凿证据证明和揭露侵略者的罪恶。

一次他去黑河市公出，有一位老人告诉他，在孙吴县有一个小女孩被当年鬼子留下的有毒气炮弹烧伤。罪恶的踪迹又出现了，他立即赶往孙吴，经向居民询问初步判断小女孩是被日军遗留的糜烂性化学武器芥子气烧伤，但那一家人却因房子失火不知搬到哪里去了。这时有人提供了当时为小女孩治疗烧伤的老大夫的地址，他只好一路打听辗转找去。好不容易找到了，进了门刚向老大夫说明来意，几个安保人员闯进来，要把他带走审查。孙吴县是一个边陲小城，紧邻俄罗斯，当年的边防气氛很浓，这么一个陌生人在城里转了几个小时自然被认为形迹可疑。争辩、解释，一塌糊涂；委屈、无奈，一地鸡毛。最后通过电话联系核实，终于证实了他的身份和工作性质，他才解脱了一场无谓的纠葛。

　　在国内取证步履艰难，跨国取证更是难上加难。最早他在黑龙江追踪罪恶，紧接着开始跨省访问细菌战、特别移送受害者和当年劳工，一共找到了三百多人，征集到二百多万字的罪证史料。最后他越过大洋追到了日本，除了哈尔滨电视台、哈尔滨报业集团和七三一陈列馆联合完成的三次跨国取证，他本人利用访问和讲学的机会赴日取证就有二十多次。在国内访问的是受害者，在日本访问的是加害者，是让加害者讲述自己犯下的罪恶，是让加害者站出来证明自己祖国的罪恶。这是一件没有前例可鉴的事情，是一件成败难料的事情，是关系人类和平的大事情，这样的事情只有金成民敢想敢干，而且取得了成功。

　　跨国取证处处是难以跨越的障碍，采访每一位老人都费尽周折。通过日本民间和平组织和友好人士联络到的七三一部队老兵有五十多人，经过艰难的交流同意作证的只有二十多人。有些人虽然取得了联系，但就是不见面，有的好容易见了面，但一谈及七三一就一言不发。到医院去访问镰田老人，医生把他拦住就是不让见面，多方交涉失败后，倔强执拗的金成民也只好无奈地转身离去。大川富松同意他到家中做客，但只说现在不谈从前，金成民像老朋友一样用流利的日语侃侃畅谈，一口气讲了两个多小时。老人无语，他被这个年轻的中国学者感动了，他默默地拿出一把日本军刀送给金成民，这是当年石井四郎赠给他的，现在他决定献给七三一罪证陈列馆。有的人虽然拒绝访问，但口气并不坚决，他就一次一次去求见，直到老人躺在病床上预感到不久于人世了，才在弥留中讲述了自己曾经的罪恶。

　　金成民每次到日本，接待他的社团组织和友好人士都为他的安全担忧，因为他在日本参加社团活动演讲时就曾遭到右翼分子的骚扰和阻挠，他们在旁边喊叫，还播放噪音压过他讲话的声音。在跨国取证的过程中，他的活动遍及日本的大街小巷和各种场所，著名学者森正孝就告诫他要提高警惕，乘坐地铁时不要站在站台的边上，防止被右翼分子推下去。

　　有关"特别移送"的线索很早就被研究人员发现了，也大致搞清了"特别移送"是日本关东军司令部的一道绝密指令，为了补充"实验材料的严重不足"，命令关东军驻各地的宪兵队将被捕的抗日将士、反日人士和地下情报人员秘密押送给七三一部队做人体实验。但"特别移送"最直接的证据"特别移送档案"却在很长一段时间内没有发现。为了填补这个空白，许多研究人员都在苦苦地追踪，中央档案馆、中央第二档案馆、东北三省档案馆和许多地方档案馆都没有发现这份秘密档案的踪迹。只有金成民，他一口气跟堆积如山的档案"格斗"了一百多天，终于在历史的尘埃中发现了七三一罪恶最新的证据"特别移送"档案，总共有"特别移送"的案件66件，15万字，证实了有52名爱国抗日志士被"特别移送"到七三一部队杀害。这一百多天是一个人孤独的追踪。

胜利了，他没有笑，倒是觉得想哭，这是一个人长期精神压力突然得到释放时的一种应激情绪。是啊，一百多天啊，而在过去的十几年里，又有多少研究人员经历过无数次的追踪最终无功而返。他已经没有了力气，他伏在桌上体会着约翰·鲍威尔先生的形容比喻，这真是一场"格斗"，即使胜利了，也耗尽了最后的一点力气。

在追踪罪恶的旅途上他从没有片刻的停留。2013年九一八事变82周年纪念日的前一天，金成民又向媒体公布了他最新的研究成果，由他主编的《1931年—1945年战时日本外务省涉华档案》出版，该档案的公开发表将对研究日本侵华史、近现代中日关系史及有关重大历史事件和人物，具有极为重要的学术价值和史料价值。我参加了这次新闻发布会，会后我见他疲惫不堪，就问他怎么样，能不能撑得住，他一脸很难看的苦笑。"撑不住也得撑，当今的日本，还有那么多的政治家，甚至许多的专家学者，他们还在昧着人类最基本的良知否认历史，掩盖秘密，我们还在为揭露秘密而苦苦地追寻。谁能保证如果邪恶者控制了权利，又肆无忌惮地挥霍权力，历史不会倒退，苦难不会重来？这条路很长，起码现在还看不见尽头。"

五、离开奥斯维辛

在波兰南部的深秋，天上下起淅淅沥沥的小雨，雨中的田野更显得安详而恬静，本来就整洁的农舍一眼望去更加清秀悦目。可这小雨下在奥斯维辛集中营的红砖楼房和石柱铁网之间，却给这个往日的魔窟涂上了悲凉的色调和恐怖的气息，一到这里顿觉寒气袭人。杨彦君这个结结实实又激情如火的年轻人不禁打个寒战，他瞥了一眼金成民，只见他的脸比压在头顶的乌云还阴沉，看得出来他还没有从刚刚参观时的压抑心境中挣脱出来。咔嚓一声，他为这血腥、恐怖、罪恶、悲惨的地方拍下最后一张照片后，转身向火车站走去。

1940年4月，德军在这个叫奥斯维辛的地方建起了集中营，后来由于关押的人数越来越多而不断扩建，形成了现在这样浩大的规模。在这里关押过30多个国家的人，1945年1月27日，当苏联红军攻克了奥斯维辛时，集中营里只有7000多名幸存者，而死在这里的人超过了150万。苏联红军在这里发现了7.7吨头发，以及受害者遗留下的大量物品，有行李箱、鞋子、眼镜等等。在这里也出现了约瑟夫·门格勒这样的死亡天使，他同石井四郎的七三一部队一样进行的人体实验，都是耸人听闻的战争犯罪。他现在感到不适，正是因为刚才看到了堆积在30米长橱窗中死难者的头发。这些死难者除了留下这些头发，再没有任何记录，仿佛他们不曾在这个世界上存在过。

开往克拉科夫的火车还没有到，濛濛细雨中金成民的心更加沉重。奥斯维辛集中营是1945年1月27日被苏联红军攻克，营救了幸存的7000多人。在战争结束仅仅两年多之后的1947年，当地政府就将奥斯维辛集中营旧址建成了殉难者纪念馆，这比侵华日军第七三一部队罪证陈列馆的建立时间早了35年。1979年，也就是森村诚一到中国来考察七三一遗址三年之前，在金成民第一次提出将七三一罪证遗址申报世界遗产的27年前，波兰政府向联合国教科文组织申报世界文化遗产成功，要和平不要战争，成了这个罪恶的地方的新主题。广岛，他又想到了曾经考察过的广岛，在原子弹爆炸点的废墟上，早已建造了一个公园，早在1996年，这个以和平公园命名的二战遗址被联合国确定为世界文化遗产。十多年前，金成民在接受新华网采访时告诉记者："我心中最大的愿望就是尽快加大对七三一遗址保护的力度，扩大保护面积，并最终能够申报世界文化遗产成功，这是我一生的愿望，我将为此而不停地努力，我永远不会停下前进的脚步。"

七三一遗址的保护从开始就一路艰难。1950 年秋天，苏联公开出版发行了《伯力审判材料》后，新中国东北人民政府卫生部就颁发了关于"保护哈尔滨之平房、长春之孟家屯日本细菌工厂及安达之鞍家窑特别实验场"的通知。当时的七三一部队遗址虽然废墟一片，但中心部位的残垣断壁还在地面留存，土陶细菌弹壳到处堆积。正在建设中的国营122 厂承担了七三一遗址的保护工作，在四方楼遗址周围架设了铁刺线，并配备专人看护。1952 年，中宣部负责同志就日军细菌战遗留问题及旧址保护问题作出重要批示，指示东北局要保护好日军细菌工厂旧址。但是，七三一遗址保护工作仅仅是有了开头的起步，却没能继续走下去。大跃进时大炼钢铁，七三一遗址上能砸的钢铁都给砸了，连动力班锅炉房的钢梁房架都被拆走大炼钢铁去了。到了"文革"时期，七三一遗址遭到了疾风暴雨式的破坏，残留建筑一扫而光，遗址的地下设施也被铁锹镐头破坏的七零八落，所剩无几。

金成民曾这样感叹，多亏那时只有铁锹、镐头，要是像现在有推土机、挖掘机、掘进机，那七三一可能就在地面上抹掉了。值得庆幸的是，七三一遗址大部分还是留存了下来，直到 1982 年等来了森村诚一，也等来了北京的声音。"要把日本侵华时期的这个万人坑，那个万人坑，南京大屠杀，哈尔滨的日军细菌工厂等作为重点文物保护单位保护起来。"至此，以建立侵华日军第七三一部队罪证陈列馆为标志，真正意义上的七三一遗址保护迈进了实质性的阶段。三十三年过去，弹指一挥间。如今的陈列馆已经发展得颇具规模，影响力不断扩大，不断有七三一的专题学术研究会议召开。1995 年在哈尔滨举办了反对战争维护和平座谈会；2005 年哈尔滨市社会科学院举办了"首届侵华日军细菌战与毒气战国际研讨会"，会议发表了《哈尔滨宣言》。2006 年 10 月，韩国远东社会文化学院举办了"第二届第七三一部队罪行国际学术研讨会"。2007 年 9 月，蒙古国国防大学和哈尔滨市社会科学院联合在乌兰巴托举办了"历史教训和当今时代——二战期间化学和细菌武器实验国际研讨会"，发表了《乌兰巴托宣言》，"蒙古国军事博物馆"设立了七三一罪行图片永久陈列室。2008 年，哈尔滨市社会科学院在哈尔滨召开了"第四次七三一部队罪行国际学术研讨会"。这些国际性学术研讨会的连续召开，学术研究机构的广泛建立，特别是七三一罪证陈列室在韩国和蒙古国的永久设立，使七三一问题研究走向国际化。但即使这样，在奥斯维辛集中营遗址成功申报世界文化遗产 36 年之后，在日本广岛原子弹爆炸遗址成功申报世界文化遗产 19 年之后，七三一遗址申报世界文化遗产还没有成功。只要讲起七三一金成民就会滔滔不绝，可每次说到这，他的语速就会慢下来："我现在没有什么所求，要说遗憾，这就是最大的遗憾，要说心事，这就是我最大的心事了。"我知道，他现在所有的工作和学习，甚至他就是在为了这个遗憾和这个心事而生活着。

为了让我更多地了解写七三一，金成民曾给我现场做了一次讲解，由于我不断地提问，这次讲解用了差不多两个小时。当我们站在动力班锅炉房遗址前，暮色之中，两座残破的巨大烟囱像野兽狰狞的遗骸，细看它，仍能想象出当年吃人时凶悍的兽性。初春的晚风吹乱了他的头发，说话的时间长了，他的嗓子已经沙哑，为了压过风声，他提高了声音。这是石井四郎想炸毁而没有炸毁的残垣断壁，它恰恰是残酷侵略战争留给我们的精神财富。这里的每一块砖，每一根钢筋，每一片水泥都浸染着几千条生命的鲜血，他们有中国的抗战英雄，有世界反法西斯志士，也有无辜的平民百姓。就是这残缺不全的建筑，将永远证实着那段沉痛的历史，它每时每刻在诉说着人类那段凄惨的事实。说它是残酷侵略战争留给我们的精神财富，是因为它时刻激励着国民牢记沉痛教训，奋发强大祖国的斗志，它时刻呼唤世界人民维护人类安宁，呼唤人类永久的和平。所以说七三一遗址是中国的，也是世界的，保护利用好这一遗址，是全世界的事情。

讲完了又回到办公室，他给了我一份七三一申报世界遗产研讨会上的发言稿，开篇对七三一遗址的价值评估就深深地吸引了我。

（一）七三一旧址群是目前世界范围内独一无二的、规模最大的、以战争为目的进行细菌武器研究、实验和制造的大本营，是以危害人类和自然环境为代价发动细菌战争的基地。

（二）在日本军国主义政府指使下，七三一部队违反国际公约，违背医学科学研究造福人类的宗旨，使用活人进行冻伤实验、细菌感染、卫生防疫等，实验手段之残忍、泯灭人性，是人类文明发展进程中最为黑暗、最为丑恶、最为野蛮的历史记录。

（三）现存分布在哈尔滨市的31处旧址，保存完整。展藏文物、文献、档案资料丰富，真实地记录了七三一部队进行细菌武器研究、制造和使用，准备和进行细菌战的全过程。史实清楚，证据确凿。

（四）七三一旧址是近现代历史上日本殖民侵略、残酷掠夺、大肆奴役中国人民的历史见证。七三一旧址群是日军侵华的罪证，也是侵华日军销毁罪证的见证。七三一旧址是研究日本侵华史、日军准备和使用细菌战、日军暴行的实物见证。

（五）七三一旧址也是大批中外抗日人员、无辜公众在此罹难的纪念地，是人类痛苦的见证，同时也是残酷的战争留给我们的特殊资源。

（六）在世界范围内，七三一旧址具有突出的普遍价值和重大现实意义。对于警示世人，对人类进行热爱和平、反思战争教育是最真实、最具说服力的实物例证。

（七）七三一旧址作为极为特殊的重要旧址是对国人，特别是青少年进行爱国主义教育、国防教育的重要阵地，可以激发国人团结进取、奋发图强的民族精神，且可作为世界人民进行反法西斯、维护世界和平的教育阵地。

（八）我市是七三一部队本部所在地，是侵华日军细菌战重灾区，我们时刻没有忘记细菌战给中国人民造成的巨大伤害。哈尔滨人民保存、保护了如此规模的七三一旧址，并努力将其申报世界遗产，这将是哈尔滨人民对人类和平做出的重大贡献。

这样的评估有理有据，每一条都足以让人感动。2006年，他凭着十几年研究积累，完成了《关于七三一遗址申报世界遗产研究》的专项报告，当年新华社内参全文转载了这篇文章，引起中央领导和国家文物局领导的关注，作出了肯定性批示。单霁翔局长还专程来到平房七三一遗址进行专题调研，召开"国家文物局保护侵华日军第七三一部队遗址工作座谈会"，把七三一遗址申报世界遗产纳入了国家层面的运作轨道。他明显累了，往沙发里一躺说，"我就做了这么多，因为还没有最后成功，我还得接着做下去。"

他曾经感慨地跟我说起过参观奥斯维辛的心情。"在离开奥斯维辛前往克拉科夫的火车上，我就在心里对自己说，总会有一天，我要让全世界像知道广岛原爆遗址和奥斯维辛集中营遗址一样知道七三一遗址，要让全世界都知道平房这个小地方是东方的奥斯维辛，是属于全世界的和平圣地。火车离开奥斯维辛越来越远，可我却觉得七三一申遗成功越来越近了。"

后 记

今年是中国人民抗日战争胜利七十周年暨世界反法西斯战争胜利七十周年，在这个具有特殊意义的年份里，我萌生了要为它写一点东西的想法，于是我陆续写了《世界记忆七三一》、《人性的旗帜》、《说不尽山边悠喜子》、《一切为了人类和平》、《七三一研究中国第一人》和《疯子军医石井四郎》等作品，陆续在多家媒体发表。我不是历史学家，也不是文学家，所以我写的既不是论文，也不是小说，我不过是用通俗的文字把历史学家们的研究成果给普通的读者再讲一遍，让更多的人透过战争去认知和平，透过罪恶去追求人性。习近平主席在出席俄罗斯纪念卫国战争胜利七十周年的庆典时，发表了《铭记历史开创未来》的文章，强调忘记历史就意味着背叛。我写作的目的就是为了让人们加深对于那场战争的记忆。

我是站在历史学家的肩膀上写作的。2012年初春天还很冷的时候，金成民把我领进了七三一，从此我开始了解七三一，写七三一。金成民潜心七三一研究二十多年的非凡经历和丰硕成果，给了我一种莫名的力量，我开始努力，越走越远，越走越深。好在我的身边有金成民和杨彦君两位老师，让我受益匪浅。为了写山边悠喜子，我向著名学者王希亮和李茂杰请教，我还专程跑到北京去拜访原中国近代史研究所所长步平先生，他不但详细介绍了山边老人的传奇故事，还把他的著作《跨越战后——日本的战争责任认识》送给我，这才有了《说不尽山边悠喜子》。当下的年轻人知道森村诚一的越来越少了，连当年风靡中国的《草帽歌》都不知道了，《人性的旗帜》就是为了把这位伟大的作家推介给不熟悉他的人们，用他的伟大思想去理解战争、理解罪恶、理解人性、理解和平。我并没有见过森村诚一，我所用的素材都来自于三卷《恶魔的饱食》、韩晓的回忆文章和金成民的讲述。

我跟韩晓先生是邻居，小时候见面叫他韩叔，我并不知道他那时研究七三一已经小有名气，只知道他木工、瓦工全都在行，还会开拖拉机。

当时我们住的地方搞居民自建工程，孩子们就跟着他的拖拉机拉砖、拉木料，不但不累还挺风光。如果当年他把森村诚一来的消息告诉了我，我可能就没有当警察的经历了。市公安局的一位老领导跟我说，韩晓为了七三一没少吃苦，值得写。金成民说七三一有今天，韩晓功不可没。我多次和他的妻子、孩子们长谈，写韩晓我充满了感情。

这几年我和金成民接触很多，甚至被临时借到七三一馆在一起工作过，可即使这样，想多了解他的情况也不容易。我看到过许多写他的专访和报道，觉得都不太像他本人，后来我才明白，这其实并不怨记者们，因为金成民这个人不喜欢宣扬自己，他吞吞吐吐地说不清，你怎么能写得像那么回事。金成民谈起七三一总是滔滔不绝，但很少吐露心声，他的酸甜苦辣，成功和无奈，我也只是揣测而已。《一切为了人类和平》是零打碎敲写成的，跟金成民也不算贴切。

我没想到今年的 6 月，山边悠喜子老人再次来平房考察七三一，我也有幸多次跟她交谈，还与《血证》摄制组一道对她进行了采访。我在赴京拜访步平先生时曾提出过一个问题，山边老人对自己的祖国是什么感情，我们的有些报道是不是有偏颇之处呢？步平很注意地看看我说，你虽然是个业余作家，可你提出的问题却不业余。这次我终于见到了山边悠喜子，她回答了我憋在心里的问题。

山边讲话态度和蔼，手势优雅，声情并茂。"中国是一个伟大的国家，但我是日本人，战后又回到日本与家人团聚。回去一看，我们住的八王子市本来很幽静，但却驻扎着四个美军基地，直升机轰轰地在天上飞。一个国家住着外国的军队，这算什么国家，干脆回中国去吧。我的丈夫贤藏说，如果我们去了伟大的国家，丢下日本怎么办？这里是我的祖国，我们就这样留下来。安倍的外公岸信介是战犯，在美国人的帮助下当了首相。现在安倍做的事，就是他的前辈没有做完的事。我反对战争，要求政府承认战争犯罪，把日本领上和平的道路，我爱日本，不希望日本再有战争。我希望中国强大，中国强大了才有争取和平的力量。七三一在哈尔滨，哈尔滨要发出声音，要让全世界都知道七三一。日本人都知道七三一才能防止战争。我提出七三一申报世界遗产就是这个目的。"

他的话解释了我思考许久的问题。

于得志先生、李兵先生、张亚滨先生对我的写作非常关注，并多次交谈，给予具体的指导和支持。七三一陈列馆的金士成、路小菲、张玉雪，好友陈永志、刘东岳等也给了我真诚的帮助，我们共同为纪念抗战胜利暨世界反法西斯战争胜利七十周年做了一件有意义的事情。

2015 年 6 月 28 日于哈尔滨